レッツ！連歌

第四集

下房桃菴　編著

装丁＝常陸　賢司
絵＝常陸　賢司
ＦＵＭＩ
小池　泉水

目次

2004年

2005年

2006年

232 二〇〇四年新春特集 ●●●

鶴は千年亀は万年

〈二〇〇四・一・八〉

あけましておめでとうございます。

「レッツ連歌」が始まったのが平成六年の一月―。それからまる十年を経て、十一年目に入りました。

まだまだこれから、という気もします。といいますのも、後にお話し申しますように、他の新聞の文化欄には、びっくりするような長寿コーナーもあります。

今年からまた、気持ちを新たにして取り組んでまいりますので、皆さん、よろしくお願い申しあげます。

鶴は千年亀は万年

高砂やこの浦舟に帆をあげて　（木次）川本　盛夫

尉と姥蓬莱山を掃き清め　（浜田）岡本美代子

二人して縄文杉を抱きしめる　（松江）森廣　典子

孫集め爺ィの自慢の旧漢字　（出雲）伊藤　圭一

初孫に寿限無寿限無と名前付け　（松江）持田　高行

あやかって付けた名前をいじめられ　（川本）光田モトヱ

玉手箱開けたばかりに選に漏れ　（江津）星野　礼佑

人間の祖先は猿であったとか　（掛合）板垣スヱ子

めでたさも中くらいなりまだ米寿　（平田）曽田　康治

ほんとうに調べた人がいるのかな　（出雲）矢田かず江

確かめた人はいないがめでたがり　（松江）杉本　末吉

お言葉に甘えてばかりおられない　（芸北）堀田　卓爾

金婚を過ぎて子供に見捨てられ　（松江）門脇　益吉

気の毒に水や空気は無事かしら　（出雲）伊藤　稔子

南極の氷も少し解けだして　（温泉津）加藤　妙鳳

そのころは年金なんてありません　（出雲）柳楽多恵子

独りでも生きてゆかねば寒い夜　（東出雲）太田　悦子

新年に曾孫生まれた大家族　（松江）余村　正

初孫の名前はワシに任しとけ　（浜田）安達美那子

宇宙人証拠を出せと怒鳴りこみ　（松江）藤田ヒデコ

わが町に高速道路いつ走る　（大田）宅和　弘子

大物が干支に入ってない不思議　（出雲）佐藤まさる

十二支に選ばれへんのなんでやろ　（大田）清水　鈴江

初夢に年金大臣うなされて　（松江）村田　行彦

今はただはいつくばって生きる時　（大社）川上　梨花
年金や医療保険があるじゃなし　（浜田）大井　一弥
最後にはやはり死ぬかと徐福聞き　（松江）渡部　靖子
赤い実を添えてゲンよい松飾り　（宍道）岩田　正之
ほどほどに生きて新たな春迎え　（松江）黒崎　行雄
算数をきらいにさせた足の数　（松江）村田　欣子
こだわらずくよくよせずに生きること　（大社）飯塚猫の子
ＤＮＡ永久保存されました　（浜田）滝本　洋子
平安の世も見ています長い首　（加茂）嘉本　昭子
お二人さん平安時代はどうでした　（邑智）芦矢　貴聡
その二種は例外として進化論　（松江）木村　更生
お猿から三つの極意もらう春　（安来）細田　絹江
村長の祝辞去年もおととしも　（益田）石田　三章
親が死に子死に孫死に曾孫死ぬ　（米子）田中つよし
大凶の初おみくじも呵々大笑　（松江）松田とらを
老い達者朝靄ついて漁に生き　（松江）松本　恭光
宝くじもう当てた気の口振舞　（大田）丸山　葛童
パソコンで作る賀状の絵を探し　（松江）多胡　誠夫
楽しみがまだたんとある米寿坂　（益田）渋谷　久代
一律に線引きをする定年制　（邑智）源　瞳子
糊落とす染め職人の手は凍え　（松江）芦田　純子
半生はすでに記憶にございません　（平田）大森　淑子
白亜紀という地層から出た化石　（大田）杉原ノ道真
初夢も欲張りませんそこまでは　（松江）三島　仁井
公取に誇大表示を叱られて　（松江）岩成　哲男
舞扇かざす傘寿の背筋伸び　（松江）福田　町子
四世代そろって祝う福寿草　（出雲）石橋　律子
百三拾七億歳という宇宙　（金城）岡田　三恵
連凧の数を競って風の中　（宍道）高木　酔子
恒久の平和を祈る初詣　（邑智）吉川　一利

ここで、次の前句をお知らせしておきましょう。

子曰（のたまは）ク亦（また）楽シカラズヤ

『論語』の言葉ですが、そのことは別に気にされなくてもかまいません。楽しい五七五を付けてください。

◇

鹿児島県には「薩摩狂句（郷句）」という、愉快な郷土文芸があります。薩摩弁で詠んだ川柳のようなもので、たとえば…、

浜競馬騎手は波際（なんぎ）へ振（ふ）い落（お）てっ

「浜競馬」は、串木野市の照島海岸で行われる年中行事。農耕馬やポニーが参加するレースで、本格的な競馬ではないので、ハプニングが続出するそうです。例句は、波打ち際へ振り落とされた騎手―、見物客が大喜びする光景まで想像させますね。それを薩摩弁で詠んだところが、またおもしろい。

　ところが、薩摩狂句のおもしろさは、ここに尽きるわけではありません。作者の詠んだ句に対して、選者が、「唱」という七七句を付けるのですね。もとの句に唱和する句、という意味です。で、先の句に付けた「唱」は―、

　一方じゃ叩とが動かん輓馬

　NHK鹿児島放送局制作の「薩摩郷句二〇〇一カレンダー」からの引用です。選者は斯界、当代の第一人者、三條風雲児師。

　ちなみに、同局では、折にふれ、薩摩狂句を紹介する番組を放送しているそうです。

◇

　民放では、南日本放送が、テレビで月二回、ラジオでは毎週、視聴者の作品を紹介―。

　新聞でも、南日本新聞の「南日狂壇」というコーナーが、なんと昭和三十四年以来ずっと続いて、今日に至っています。まだ驚いてはいけません。そのルーツは、薩摩狂句のそもそもの嚆矢とされる、明治四十一年、鹿児島新聞（南日本新聞の前身）の一コーナーにまで遡るとか。

◇

　昭和末から平成初年ころまでの「南日狂壇」からいくつか、作品と「唱」とをご紹介しておきましょう。選者は上田格師。

　タクシゆば呼べば中流ん顔いなっ

（唱）釣銭や要らんどち云えば上流

解説が貶ねちょい最中けホームラン

（唱）投手が悪りち今度だ言直へっ

神主様が切れば半紙も拝まれっ

（唱）揉んたくれば鼻取い紙お

茶呑ん友人云どん片目で物を云っ

（唱）立つまねをしっ肩どんさわっ

語いうち一と串げ出来た吊し柿

（唱）日向ぼっこん縁側ん先

検診に気の小(こ)め亭主(とと)あ遺書を書(け)っ
（唱）済めば焼酎(しょっ)どん早速(いっ)き飲んこて

◇

ごく最近、昨年十二月の「南日狂壇」には、こんな句が出ています。選者は、塚田黒柱師。

特価品熨斗(の)すば背負(か)るたや箔が付(ち)っ
（唱）お返し貰ろた同(ひと)っ様(よ)な品

食放題食(くほでく)っ飢(ひだ)りさなんだ知たん若者(にせ)
（唱）難民の事(こ)ちゃた考(かん)げもせんじ

後継(あとという)が連れっ来た娘(こ)あ臨月腹(とつっぱら)
（唱）自分(わが)もじゃったち言(ゆ)うわけいかじ

◇

鹿児島県内には、個人やサークルで狂句を楽しんでおられるかたが、いっぱいおられます。中でも異色のグループは、大口市と伊佐郡内のお医者さんで作る「大口伊佐医師会」。その会報から最後に一、二、

お寺詣(めい)ミニん正座い坊主(ぼし)やギョギョッ
（唱）お経も途中(つと)でもつれ出っ

貯(た)めた金(ぜん)医者が取らんな坊主(ぼし)が取っ
（唱）余(あま)っ親族(しんじ)がもめでけっ

選者は平山大蛙(わっぞ)師。このかたも多分、お医者さんでしょう。なぜか坊主(ぼし)の句が多いのが気にかかります。（「唱」が七五という変わった形になっている理由は伺っておりません。）

◇

申し遅れましたが、「唱」は薩摩狂句にかならず付くというものでは、実はありません。しかし、「唱」がなければ、もとの句のおもしろさも半減してしまうように思われます。そこで、ここでは「唱」の付いた作品ばかりを集めてみました。

◇

わたしたちのやっている連歌と、とてもよく似ていますね。

ただ、違うところもある。

一つは、作者の句に、選者のほうが「唱」を付けるという点。レッツとは正反対です。選者はさぞかし大変でしょうね。私なんかにはマネができない。

いま一つの違いは、その「唱」の内容が、もとの句にわりあい近いこと。われわれの感覚からすれば、「ベタ付け」ということになります。

この二つの特徴は、おそらくは表裏一体―。薩摩狂句の主役は、やはり何といっても、読者なり視聴者なりの作品そのものであるに違いありません。だとすれば、選者の「唱」は当然、その作品を引き立てるための脇役に徹するべきでしょう。選者が勝手に「飛び」すぎて別の世界に入ってしまったりしたら、シラけてしまいます。

一方、連歌の主役は、当然のことながら付句のほう。どう「飛ぶ」かが腕の見せどころです。

二つ並んだ句のうちの、前と後どちらが主か、とこういう視点で見れば、連歌と薩摩狂句は、まったく逆ということになります。

しかし、見方を変えて、選者と作者とどちらが、と問うとすれば、連歌も薩摩狂句も答えは同じなわけで、両者はやっぱり兄弟のようなもの、ということになります。

◇

薩摩にはこんなおもしろいものがある、と最初に教えてくれたのは、島根大学の、鹿児島出身の学生でした。総勢百人を超すマスプロ授業でも、こういう交流がある。桃菴センセ、実にいいシゴトをされてますナ。

それ以降私は、新聞の切り抜きを集めたり、インターネットで調べたり、どんどんどんどん深みにはまって、ついに昨年十二月、暮れも押しつまったクソ忙しいさなか、実は鹿児島まで五日もかけてわざわざ行ってきたのです。

◇

鹿児島へ行って一番うれしかったこと…、それは申すまでもありませんが、二番目にうれしかったのが、風雲児・黒柱両師にお目にかかって直接お話がうかがえたこと。三番目は、南日本新聞社の文化部副部長宮田俊行氏とコンタクトが取れたことです。氏は、われわれのやっている連歌にもたいへん興味を示され、「今後、何かの形で交流したいものですね」とおっしゃっていました。

で、「ぜひともよろしく」とお答えしておきました―、ということのご報告が、桃菴センセから皆さまへの、ビッグな今年のお年玉で〜、ごわす。

233 ●●● 冬来たりなば春遠からじ

〈二〇〇四・一・二二〉

冬来たりなば春遠からじ　（浜田）滝本　洋子
北風とお陽さま智恵を較べあい　（松江）多胡　誠夫
リストラをされた息子の肩たたき　（大田）杉原サミヨ
改革の痛みいつまで続くやら　（浜田）大井　一弥
年金の目減り分だけ酒控え　（松江）野津　重夫
胃を切除しても先生飲めますか　（旭）加藤　尋風
みぃちゃんがあかいはなおのじょじょはいて　（大和）山内すみ子
竹藪を話題にしてる牡丹鍋　（益田）石田　三章
塾生にまず叩き込む故事成語　（松江）庄司　豊
英訳をしろと教育ママが言う　（仁多）松田多美子
キャンディーズばかり聞いてる風邪の床　（出雲）佐藤まさる
天神さんどの子にしよか迷ってる　（斐川）後藤　綾子
初めてのタマネギの苗気にかかり　（松江）花井　寛子
泣きながら炬燵で見てる小津映画　（大田）清水　鈴江
安住の地を探してる雪女　（浜田）安達美那子
もうはまだまだはもうなり株市況　（松江）余村　正

ほんとうに信じていいの小泉さん　（大田）杉原ノ道真
ケータイの登録番号整理して　（温泉津）加藤　妙鳳
ピカピカのボルボは車庫でひと眠り　（浜田）日原　隆
三度目は過去問ぜんぶやり遂げて　（宍道）岩田　正之
五浪してまだあんなこと言っている　（松江）渡部　靖子
そげなこと言(え)ったて寒むもんは寒む　（宍道）高木　酔子
大丈夫こんどのカレは大丈夫　（松江）金築佐知子
お年玉貯金しとけとおばあちゃん　（浜田）岡本美代子
慌てーだねがばあちゃんの口癖で　（松江）黒崎　行雄
ランドセルしょって鏡を覗き込み　（芸北）堀田　卓爾
離婚して子供とふたり寝正月　（益田）石見野悟空
飛び立って行く末っ子の背の高さ　（松江）森廣　典子
幕下になって今年は七年目　（松江）松田とらを
合併のシュミレーションも出来あがり　（出雲）矢田かず江
両親の前で正座をしてる彼　（三刀屋）難波紀久子
門付けの瞽女の唄声風に消え　（松江）福田　町子
茶話に蕗味噌のコツひとしきり　（邑智）源　瞳子

軒を吹く風聞き澄ます五合庵　　（松江）木村　更生

「冬来たりなば春遠からじ」、とまず覚えさせる学習塾、それを英訳しろと言う教育ママ―。あたかも受験シーズン、入試にかかわる句がたくさん寄せられました。

受験といえば神頼みもつきもの。綾子さんの「天神さん」、おもしろい視点です。いくらお賽銭（さいせん）をはずんだところで、定員というものがある。…そういえば、ときどき出題ミスで追加合格なんてのがありますが、あれは神様の裏ワザなんでしょうか。

もうひとつ学校の話題といえば、入学。卓爾さんの「ランドセル」―、類句はいっぱいあったのですが、「鏡を覗き込み」で一歩リード。これは大きな一歩です。

◇

今年も、月の第四木曜日は、「連句」形式でやりましょう。まずは、今日の入選句のうちお気に入りの句を選んで、それを前句として七七の句を付けてください（選んだ前句も明記してください）。

ひとつ気をつけていただきたいのは、打越（うちこし）の句（前句の前句）にぜったい戻らないこと。つまり、これから作っていただく七七は、「冬来たりなば…」と同じような内容になってはいけない、ということです。念のため、ぜったいボツになる句を、先に私が作っておきます。どの句に付けるにせよ、たとえば、

梅の蕾もふくらみはじめ

これはリズムもよくないのですが…。

スペシャル（村瀬森露）●●● **自転車をとめて見上げるオリオン座**　＜二〇〇四・一・二九＞

自転車をとめて見上げるオリオン座

どこどれあれと肩を寄せ合う　（松江）松田とらを

次の探査機どれに飛ばそか　（松江）門脇　益吉

チロの鈴音今も聞こえて　（益田）石見野悟空

せんたく指数100パーセント　（温泉津）加藤　妙鳳
エキストラでもちゃんとやってよ　（浜田）佐々木勇之祐
あと一息で末子卒業　（浜田）安達美那子
オレオレ詐欺とまだ気がつかず　（松江）福田　町子
すぐ戻らなきゃストーブつけてた　（邑智）吉田　重美
寄ろか帰ろかおでん屋の前　（松江）三島　仁井
父はマグロを追って半年　（松江）木村　更生
下着ドロだとデカの直感　（松江）村田　行彦
九ちゃんの歌口ずさみつつ　（川本）森口　時夫
過疎の荒れ寺継ぐ人もなく　（松江）高橋　光世
勇壮だった熊撃ちの祖父　（旭）加藤　尋風
ほんとの空が東京は無く　（松江）渡部　靖子
恋人たちは上着掛け合い　（邑智）源　連城
工場閉鎖の貼り紙が舞い　（宍道）原　野苺
金策終えてやっと一息　（大田）杉原ノ道真
母とナースの顔使い分け　（三刀屋）難波紀久子
遠まわりして何の記念日？　（五箇）安部　和子
出て行ってやる今日はほんとに　（多伎）品川　和美
ET乗せてすぐさめた夢　（大社）飯塚猫の子

「冬の星座」という歌を音楽の時間に習いました。教科書では小さな扱いでしたが、好きな歌の一つでした。この冬は、山陰でも晴れの日がわりと多いですね。

星を見るのは、やはり恋人たちのようです。「どこどれあれ」は、ほんとうにこの順だなあと思いました。二人が徐々に近づいていく様子が感じられます。

星を眺めて、そばにいない人も思い浮かべます。更生さんの句は、空と海の広さとマグロ漁の躍動感が感じられて、スケールが大きいなと思います。

星を見上げることは、心の動きの転換点にもなっています。紀久子さんの句は、帰り道の一コマでしょうが、病院と家庭双方の様子も想像されて「ご苦労様です」と言いたくなります。逆に「オレオレ詐欺」は、そういう心の動きがなく見とれていることが際だっていると思います。

いろいろな星の見方がありますが、前句を撮影の現場にしてしまった勇之祐さんの発想もお見事です。

234 ●●● 子曰ク亦楽シカラズヤ

＜二〇〇四・二・一二＞

子曰(のたまは)ク亦(また)楽シカラズヤ

正月は着物姿の妻がいて　（浜田）重木　梢
マラソンはきまってビリを走ってる　（松江）矢田　真弓
百薬の長携えて友来たる　（松江）勝部寿美枝
フリーター一千万人時代来る　（出雲）矢田かず江
選者などしてて講義は大丈夫？　（松江）藤田ヒデコ
コップ空くたびにふくらむ国家論　（松江）多胡　誠夫
一合の酒とスルメの足二本　（大田）杉原ノ道真
漢文の授業は妙に眠くなり　（斐川）後藤　綾子
へぇーへぇーと机叩いて叱られる　（松江）兼本美樹子
老父母に絶えぬ喧嘩の五十年　（松江）岩成　哲男
火星にも湿った土があるという　（益田）石田　三章
キリストと釈迦を相手に連歌巻き　（松江）福田　町子
負けること分かっていてもハルウララ　（松江）村田　欣子
超キモいこんなメールはもう止めて　（東出雲）水野貴美子
君がため春の野に出でて若菜摘む　（松江）松本　恭光
女房もおアイコほどのボケを見せ　（松江）村田　行彦
ばあちゃんは人指し指でメール打ち　（佐田）角森志津子
遅れたらタダでは済まぬ終列車　（宍道）原　野苺
駅からは循環線の外回り　（宍道）高木　酔子
介護度を判定する日ボケてみせ　（松江）川津　光
酔うてする手品はみんなタネがバレ　（邑智）吉川　一利
ヘソ曲がりイエスと言った例(ためし)なく　（浜田）滝本　洋子
春蘭の花芽ふえてる年初め　（吉田）堀江　文子

前句は論語の言葉ですが、それは無視して、ただ「楽シカラズヤ」に付ける、ということもできます。美樹子さんの句などは、そういう付け方なのかもしれません。しかし、もしそうだとしても、この句を鑑賞するときは、やはり論語の世界に戻ったほうがおもしろいですね。

あるとき、孔子さまが「何トカカントカ、楽シカラズヤ」とおっしゃった。けっこうご機嫌がいい。で、弟子たちが一斉に、「へぇーへぇー」…。もちろん、叱(しか)られます。
町子さんの句もケッサク。孔子さまが、キリストさまとお釈迦さまと、三人で連歌に初挑戦！　こんなおもろいものがあったのかと、ヤミツキになられる—。もっとも、この三人じゃ、あんまり気のきいた作品はできそうにもありません。きっと、「ベタ付け」と「打越(うちこし)」ばっかりで、「レッツ」でいえば完全にボツ？
行彦さんの句はほほえましい。「おアイコほどの」という表現が効いていますね。この句なんかは、前句をまったく無視して、独立して鑑賞することもできる。

結果だけからいえば、そのほうがいいかもしれない。「川柳」としてどこに出しても、立派に通用するはずです。そもそも、「川柳」というのは、このようにして前句付けから生まれたものなのですね。

◇

次の前句は、
引き返す勇気引き返さぬ勇気
いろいろ想像して、また楽しい七七を付けてください。

235●●●離婚して子供とふたり寝正月

〈二〇〇四・一・二六〉

離婚して子供とふたり寝正月
年末ジャンボ三度確かめ　（大田）杉原ノ道真

北風とお陽さま智恵を較べあい
プルトニウムはあるのでしょうか　（松江）余村　正

英訳をしろと教育ママが言う
ホームステイでパニックになり　（松江）村田　欣子
アイムソーリーアイドントノウ　（松江）吉川　郁子

慌てーだねがばあちゃんの口癖で
体験生かす地震の心得　（邑智）源　瞳子
とにかく孫の安否確認　（芸北）堀田　卓爾

念願の一勝めざせハルウララ
夢に見ている放浪の旅　（益田）石田　三章

茶話に蕗味噌のコツひとしきり
遠回りして帰る細道　（掛合）板垣スエ子
聞き手に回る嫁の辛抱　（松江）金築佐知子

お年玉貯金しとけとおばあちゃん
地獄耳には恐れ入ります　（松江）松本　恭光
オレオレなどと電話せぬよう　（米子）田中つよし

リストラをされた息子の肩たたき
やっと家業を継いでもらえる　（三刀屋）難波紀久子
帰って来いよ〜帰って来〜いよ　（平田）原　陽子

大丈夫こんどのカレは大丈夫
卒業証書見せてくれたの　（出雲）伊藤　稔子
児童会長やってるんだよ　（松江）小田まるむ
八十歳で歯が二十本　（浜田）岡本美代子

年金の目減り分だけ酒控え
我が家で進む構造改革　（松江）三島　仁井

飛び立って行く末っ子の背の高さ
父の和服を仕立て直して　（松江）土井　勉

ケータイの登録番号整理して
一泊二日の検査入院　（松江）高橋　光世

みぃちゃんがあかいはなおのじょじょはいて
嬶ァ天下の夢を見ている　（石見）渡辺　正義

五浪してまだあんなこと言っている
代議士めざしアメリカ留学　（松江）芦田　純子

ランドセルしょって鏡を覗き込み
孫が寝てからひたる想い出　（松江）渡部　靖子

両親の前で正座をしてる彼
足がしびれて立つに立たれず　（松江）花井　寛子

姉は見ていた靴下の穴　（松江）村田　行彦
合併のシュミレーションも出来あがり　（松江）松田とらを
ウチは年金分割でもめ
門付けの瞽女の唄声風に消え　（松江）森廣　典子
能登半島に舞う波の花

選をする、というのは怖いもので、スエ子さんの「遠回り」、はじめは実は漏らしておりました。茶飲み話をしての帰り、たまたま遠回りしてみた、とただそれだけの解釈しか、私にはできなかったのですね。「細道」というのが選び抜かれた言葉だと気づかなかったのです。今は、恥ずかしい思いでいっぱい。

稔子さんの「卒業証書」―。プロポーズするのに卒業証書を見せるなんてこと、実際にはありえないわけで、そのナンセンスなおもしろさ。それだけでも、十分ケッサクなのですが、プラス、例の醜聞に対する鋭い風刺―。これで奥の深い作品になりました。

◇

次は、今日の入選句の中からお好きな句を選んで、それを前句として、五七五を付けてください。

236 ●●● 引き返す勇気引き返さぬ勇気 〈二〇〇四・三・一一〉

引き返す勇気引き返さぬ勇気
遠のいてゆく白い砂浜　（大田）杉原サミヨ
すぐそこよからもう一時間　（松江）黒崎　行雄
離婚届は判を押すだけ　（三刀屋）難波紀久子
大フィーバーが続くパチンコ　（邑智）源　瞳子
やっと半分来たかずら橋　（松江）矢田　真弓
お化け屋敷で彼とはぐれる　（松江）野津　重夫
ハスに構えたオレの生きざま　（松江）中村　清子
玉の輿だが彼はマザコン　（浜田）大井　一弥
半分コワイ半分ヤケクソ　（平田）曽田　康治
同窓会に皆は盛装　（松江）村田　欣子
点滅しだした歩行者信号　（松江）森廣　典子

イラク派遣に賛否両論　（津和野）宮藤　充登
雲行きじっと睨む隊長　（平田）原　陽子
百円多いレジの釣り銭　（松江）多胡　誠夫
イヤな上司に飲み屋でばったり　（安来）根来　正幸
ヘリコプターも寄せつけぬ雪　（出雲）石橋　律子
助け来るまで連歌でも巻こ　（温泉津）加藤　妙鳳
彼女も同じ通販の服　（出雲）ひなたぼっ子
ホデお前さんどげしなはーね　（松江）村田　行彦
どっちが良（え）だらかオラにゃ分からん　（宍道）高木　和
最終便の搭乗案内　（松江）兼本美樹子
ヤケドしそうな恋の道行　（出雲）矢田かず江
行列で知る評判の店　（松江）川津　蛙
思案橋には易者ズラズラ　（浜田）滝本　洋子
合併を問う住民投票　（掛合）板垣スエ子
父さんと呼ぶ声に目が覚め　（仁多）松田多美子
出て行け出て行く三度目のドア　（宍道）原　野苺
ヴァージンロードで足がもつれる　（東出雲）水野貴美子
闇にすかして見る豆満江（とうまんこう）　（松江）木村　更生

「思案橋」といえば長崎。かつてはこの橋を渡って丸山遊廓（ゆうかく）へ通ったのだそうですが、今は橋はなく、繁華街の名として残っております。その思案橋通りに易者がズラズラ、いるのかどうか私は存じません。おそらく洋子さんも、お確かめになったわけではないでしょう。

事実はどうか知らないけれど、でも、「思案橋」という名前そのものが「易者」と、実にうまく響き合う。「六本木」じゃ意味がない。「先斗町（ぽんとちょう）」ももちろん失格。

地名にはこういう使い方があります。和歌のほうでは「歌枕」という。「しのぶの里」なんていうのは、古くから歌に詠まれていますが、これは陸奥、今の福島市。といって、昔むかしの都人がそんな遠いところまで旅行したわけじゃない。「はづかしの森」にいたっては、摂津だという説と山城だという説が、早くから対立している。…ほんとうはそんなこと、どうでもよかったのです。

見たこともない、どこにあるかも分からない、ひょっとしたら実在しないかもしれない土地の名でさえ、平気の平左で歌に詠み込む。

…そういうことはフマジメだと、明治の人はマジメだから考えた―。近代以降の和歌で歌枕が滅び去った原因は、連歌が衰退したそれとまったく同じなのですね。
ちょっと堅い話になりましたが、とにかく今日はうれしくって…。

◇

次の前句は、
五十六十七十八十
ときどきは、訳の分からない課題も出ます。でも、こういう無責任な前句というのは、案外付けやすいもの。がんばってください。付句は五七五です。

237●●● 能登半島に舞う波の花

〈二〇〇四・三・二五〉

能登半島に舞う波の花
朝市の干物分け合うバスの中　（宍道）高木　酔子

遠回りして帰る細道
青大将横たわってる昼下がり　（松江）村田　欣子
若けころは手ェつなぐのも恥じかして（松江）黒崎　行雄

卒業証書見せてくれたの
食うものも食わず仕送りして四年　（松江）木村　更生

プルトニウムはあるのでしょうか
今度こそバケツ使っちゃダメですよ　（旭）加藤　尋風

帰って来いよ〜帰って来〜いよ
園児らが放流をするサケの稚魚　（邑智）吉川　一利
春の宵うちのミーヤも恋をして　（松江）花井　寛子
弁護士もオレオレ詐欺に金取られ　（平田）原　愼二

聞き手に回る嫁の辛抱
ケータイはマナーモードに切り換えて（邑智）源　連城
そのあげく八方美人とバカにされ　（出雲）佐藤まさる

村じゅうがみな親類という系図　（松江）渡部　靖子
一泊二日の検査入院
親戚じゅう尾鰭がついて知れ渡り　（松江）持田　高行
イケメンの医者で脈拍倍になり　（三刀屋）難波紀久子

ホームステイでパニックになり
とりあえず引きつる笑顔返しとけ（松江四中）福田　愛美

とにかく孫の安否確認
人間の風邪は鳥ほど騒がれず　（松江）多胡　誠夫

足がしびれて立つに立たれず
母の忌にお布施ハズんだ長い経　（松江）土井　勉
だんだんと焼香の順迫り来る　（邑智）源　瞳子
結局は受験勉強また始め　（益田）吉村　朝美

やっと家業を継いでもらえる
内々に見合写真も用意して　（松江）松本　恭光
寅さんがかわいい娘連れ帰り　（安来）根来　正幸

八十歳で歯が二十本
町報の次の特集これで行こ　（大田）清水　鈴江

父の和服を仕立て直して
似合うわねジョンは紬がピッタリね　（多伎）品川　和美

年末ジャンボ三度確かめ
下駄履いたままで寝ている布団剥ぎ（大田）杉原ノ道真

夢に見ている放浪の旅
願はくは花の下にて春死なん　（出雲）矢田かず江

久しぶりに高校生？からのご投句！

それから、偶然ですが今回は、松江四中の川上先生からも、生徒さんの作品をまとめて送っていただきました。一人しかご紹介できませんでしたが、入選した人もしなかった人も、これを機会にずっと連歌を続けて行ってください。

「レッツ」には、ベテランの常連さんがたくさんいらっしゃいますが、とはいえ皆さん、このコーナーが始まるまでは、「連歌」という言葉さえもご存じなかった方ばかり。ですから、作句歴は長くて十年。
　春秋に富む、というのは、ほんとうにすばらしいことなのです。

◇

次は、今日の入選句に、今度は七七です。

238 ●●● 五十六十七十八十

〈二〇〇四・四・八〉

　五十六十七十八十
湖を蹴立てて北へ帰る鳥　（宍道）岩田　正之
双眼鏡振って見送る北帰行　（松江）森廣　典子
つくばいの梅もほころび客を待ち　（芸北）堀田　敏代
いいかげん引退してよ会長さん　（出雲）矢田かず江
親爺さんところで今ァ何刻（なんどき）だい　（宍道）高木　酔子
そっと乗る体重計の針が振れ　（松江）芦田　純子
すくすくと伸びてこの春幼稚園　（宍道）高木　和
そのあとは鳥居の数は分からない　（松江）川津　光
年金が貰えなくなる日も近い　（江津）星野　礼佑

◇

それから、四月第五週の「スペシャル」の前句は、
　何度も見やる渋滞の先
そういえば、連休初日になりますね。これには楽しい五七五をお願いします。

そのうちに平均寿命百になる　（松江）渡部　京子
九十になると男がぐんと減り　（松江）多胡　誠夫
逆転の期待がかかる組織票　（松江）木村　更生
あと一個足りず百円玉を出し　（松江）村田　行彦
この中で正しい答えどれでしょう　（多伎）田中　幸次
スピードを上げたとたんにパトの影　（平田）原　陽子
懸垂も腕立て伏せもまだ負けん　（邑智）源　瞳子
九十番大阪しぐれ歌います　（出雲）金山　栄子
息止めてみてもシャックリまだ続き　（松江）三島　安子
ちょっと待て話しかけるな間違える　（大田）杉原サミヨ

優勝をあと一杯で取り逃がし　（出雲）ひなたぼっ子
神様にお願いしたい巻き戻し　（金城）佐伯智恵美
福豆は歳の数だけ食べるもの　（浜田）勝田　艶
順調に平均点は上がってる　（松江）矢田　真弓
今年こそ司法試験を突破する　（浜田）藤田　楠子
千羽鶴きょうもみんなで折りました（八王子）三代　知子
お嫁には行かぬと決めたわけじゃない（松江）花井　寛子
だんだんと声の遠のくまあだだよ　（平田）原　愼二
日本の原風景という棚田　（松江）松田とらを
堰堤に銀鱗おどる五月晴れ　（邑智）吉川　一利

栄子さんの「九十番」、これはおもしろい。のど自慢だったのですね。

のど自慢で九十番はないと思いますが、「五十六十七十八十」という前句に強引にくっつけた、そのわざとらしさが、ここではお手柄。

選曲も的確です。何でも新しければいいってわけじゃない。こういう場合は、だれでも知っている歌を持ってくることが大事ですね。

ただ、下五の「歌います」だけがちょっと気になります。のど自慢に出てくる人は、「○番、××××」と歌の名前だけを、ふつう言うと思うのですが…。「歌います」を付けるとリアリティーがなくなる。そんなことは栄子さんは先刻ご承知だったと思うのですが、きっと下五の処置によほど困られたのでしょう。

せっかくの名句ですから、ここでアザヤカな手品をお目にかけましょう。元の句にハンケチをかぶせまして、ワンツースリー、はいっ！

九十番君は心の妻だから

原作と一致するのは上五だけ、とはあんまり失礼なようでもありますが、実は私はそうは考えておりません。これこそが、栄子さんがほんとうに求めておられた表現にちがいない、と思うのですが、さていかが。

◇

引き続いて、訳の分からない、どうにでも取れる前句です。

もう今ごろはできているはず

またまた愉快な五七五をお願いします。

239 ●●● 園児らが放流をするサケの稚魚

〈二〇〇四・四・二二〉

園児らが放流をするサケの稚魚
川をまたいで舞う鯉幟り　（出雲）佐藤まさる
鯉ヘルペスにゃ気をつけなさい　（松江）土井　勉
ふるさと決める人間のエゴ　（松江）多胡　誠夫

とりあえず引きつる笑顔返しとけ
あなたちっとも変わらないわね　（安来）細田　絹江
またカンニングばれてしまった　（浜田）藤田　楠子

願はくは花の下にて春死なん
みたらし団子いっぱい供えて　（出雲）石橋　律子
ふつごな雨でもそげさっしゃーか　（宍道）高木　和
今から植えてなにが間に合う　（益田）佐々木康江

今度こそバケツ使っちゃダメですよ
ぎっくり腰がまだ治らない　（川本）森口　時夫

人間の風邪は鳥ほど騒がれず
仕入れたマスクバーゲンで売る　（松江）野津　重夫

若けころは手ェつなぐのも恥じかして
義理チョコもらって舞い上がる祖父　（宍道）原　野苺

村じゅうがみな親類という系図
平以外はない電話帳　（大田）杉原ノ道真
当選三期また無投票　（浜田）日原　隆

よそと合併できるわけない　（出雲）矢田かず江
個人情報漏らさないでよ　（浜田）佐々木勇之祐
畠で大判小判掘り当て　（松江）松田とらを

食うものも食わず仕送りして四年
トンビ夫婦が産んだタカの子　（三隅）大空　晴子
いよいよ佳境に入る浪曲　（瑞穂）山本みつ江

内々に見合写真も用意して
待ってたゴジラは野球一筋　（松江）三島　仁井

ケータイはマナーモードに切り換えて
二股かけたデートうきうき　（松江）塩谷　義雄

弁護士もオレオレ詐欺に金取られ
滞納してる国民年金　（松江）森廣　典子

結局は受験勉強また始め
中卒だった父さんの夢　（益田）石田　三章

下駄履いたままで寝ている布団剥ぎ
まさか裸の大将だとは　（木次）藤原　政子
酒さえ飲まにゃいい亭主だが　（邑智）吉川　一利

春の宵うちのミーヤも恋をして
こともあろうに三角関係　（出雲）柳楽多恵子
だってニャン吉カッコイイもん　（仁多）松田多美子

朝市の干物分け合うバスの中
ジャンケン負けたうちのばあちゃん（掛合）板垣スエ子

青大将横たわってる昼下がり
何なの何でアタシ見てるの　（多伎）品川　和美
逃げ出したカレとはそれっきり　（松江）福田　町子
そこのけそこのけお馬が通る　（瑞穂）山本　誠子
藁葺き屋根がまたひとつ消え　（浜田）大井　一弥

和さんの「ふつごな雨」—、「ふつご」の語源は「不都合」なのでしょうが、大変な、というほどの意味だそうです。出雲地方のかたはご存じでしょうが、和さんご自身から注釈をいただいておりますので、念のため。

道真さんの句、村じゅう同じ姓というのはよくあることですが、「平」というのがいいですね。平家の落人村といわれる所があちこちにありますから。もっとも、そういう村の人たちがほんとうに「平」姓を名乗っておられるのかどうか、それは私は存じません。そういうことが、どうでもいいことなんですね。

一利さんの句は身につまされます。私も、「ほんとはいい人」などと、「ほんと」付きで褒められる？ことが、ままあるもので…。

◇

一茶の句のパロディーは、中学二年生の傑作でした。

次の課題は、今日の入選句に五七五です。

スペシャル（村瀬森露）●●●

何度も見やる渋滞の先

〈二〇〇四・四・二九〉

何度も見やる渋滞の先

次々とマラソンランナー駆けてゆき（松江）渡部　靖子
前に乗る子とニラメッコする仲に（松江）村田　行彦
今度こそ遅刻できないこのデート（三隅）大空　晴子
人形が頭を下げた工事中（安来）細田　絹江
あきらめて車中で開くお弁当（松江）木村　更生
お見合いの席のお詫びを練習し（松江）川津　蛙
詰めこんだアウトドアーが役に立ち（浜田）滝本　洋子
年度末あちらこちらで工事中（松江）杉本　末吉
キムタクが出てるドラマのロケらしい（邑智）源　瞳子
四人とも我慢くらべに押し黙り（益田）石田　三章
大丈夫手配の車逃げはせぬ（三刀屋）難波紀久子
競り市に間に合わないと大赤字（浜田）大井　一弥
日が落ちて彼女門限気にしだし（松江）福田　町子
二十年やっと課長を拝命し（邑智）吉川　一利
ハワイ行き離陸時刻は午後三時（宍道）岩田　正之
買わされるアイスクリーム増えてゆき（松江）黒崎　行雄
みぎひだり右を指さす一年生（宍道）高木　酔子

カーナビで裏道見ても全部赤　（松江）川上　光洋
入場者五十万人目は私　（浜田）安達美那子
牛の群れ横切って行く田舎道　（松江）持田　高行
ベテランのガイドもついにネタが切れ（松江）三島　仁井
あのときのバスガイドだった今の妻（松江）松田とらを
大口を開けて夢見ている妻子　（松江）余村　正

美那子さんの句は愉快ですね。「五十万人目は」と考えられるそのたくましい想像力に脱帽しました。記念品はオリジナルグッズ一式だろうか、年間パスポート家族分だろうかなどと考えているうちに無事到着といきたいものです。ちなみに、浜田市にあるアクアスでは、営業七十四日目に入場者五十万人目を達成し、シロイルカのぬいぐるみが記念に渡されたようです（山陰中央新報Ｗｅｂ Ｎｅｗｓより）。お出かけのご参考までに。

瞳子さんの句もおもしろいですね。「出てるドラマ」「らしい」ということで、本人がいるのかどうか、かなりあやしい気もする感じが出ています。「キムタク」をいろんな人に替えてみて比較してもおもしろいと思います。たとえば、今話題の「ヨン様」とか。渋滞の様子が、少し違って見えてくるのではないでしょうか。

皆様、お元気でお過ごしください。

240 ●●● もう今ごろはできているはず

＜二〇〇四・五・一三＞

第六回酒折（さかおり）連歌賞の募集が始まっております。前句にあたる片歌（かたうた）（五七七の句）は、次の四つ―、

聞こえてる草原をゆくあの鐘の音が
ふるさとの味にたちまち昔に帰る
夕茜しめきりはまだ間に合うだろう
満開の桜並木に今日も染まって

このうち一つを選んで、付句にあたる片歌を続ける、というもの。

前回は、レッツ勢からは、残念ながら入選者が出ませんでした。今年はがんばりましょう。大賞二十万円、佳作七万円、特別賞五万円…。
詳しくは、山梨学院大学酒折連歌賞事務局までお問い合わせを。ホームページでもご覧になれます。

もう今ごろはできているはず
その場所は誰にも言わぬましら酒 （松江）木村 更生
あのときのあの一本さえ喫ってなきゃ（松江）三島 仁井
交替の指示ブルペンに告げられる （松江）渡部 靖子
越後屋と代官様の悪だくみ （松江）森廣 典子
タイマーが壊れてるとも知らないで （松江）庄司 豊
孫だけは見せてほしいと折れている （松江）川津 光
ケータイを冷たく切ってはや六月 （芸北）堀田 卓爾
マフラーを編んで送ると二年半 （安来）秀衡 秀子
公約を信じた私お人好し （三刀屋）難波紀久子
気の合った二人残して邪魔は消え （松江）三島 安子
あの日から出雲大社も二度参り （浜田）日原 隆
アハハハハそうは問屋が卸さない （多伎）田中 幸次
寸分の狂いも見せぬ腹時計 （平田）曽田 康治

シラフなら話せば分かる人だけど （浜田）大井 一弥
男だよ女ですよとジイとバア （浜田）藤田 楠子
あした載るレッツ連歌の入選句 （松江）中村 清子
お父さんまあ落ちついて落ちついて （川本）森口 時夫
窯出しは寝ずに炎の色を見て （平田）原 愼二
中パッパ赤子泣いても蓋取るな （松江）矢田 真弓
スイッチを入れ忘れてる炊飯器 （江津）星野 礼佑
待ってますレッツ！連歌の第三集 （松江）福田 町子
ヨン様と同じマフラー注文し （出雲）矢田かず江
ドブロクの壺覗き込むおじいちゃん （邑智）吉川 一利
気が向けば作ると言われ年が明け （大田）大谷 勇

町子さんの「レッツ！連歌の第三集」―、もう今ごろはできて「いる」はず…じゃなくって、できて「いた」はずなのですが、いろいろ訳があって…、すみません、まだできておりません。大社町の猫の子さんからも、「早く出ないものか」と会社の同僚と話している、とのコメントをいただいております。
気が向けば作ると言われ年が明け
…冗談、冗談。

秋ごろをめざして準備しておりますので、いましばらくお待ちください。

次の前句は、

分かってはいても手が出るボール球(だま)

こういう前句のとき注意しなければならないのは…、なんでしたっけ（わざとイジワルしておきます）。もっとも、その逆をつくというテもあります。楽しい七七をお願いします。

◇

241 ●●● 畠で大判小判掘り当て

〈二〇〇四・五・二七〉

畠で大判小判掘り当て

これからはうちもペットは犬にしよ（邑智）吉川　一利

何なの何でアタシ見てるの

誰だっけエー誰だっけ誰だっけ（東出雲）水野貴美子

ふつごな雨でもそげさっしゃーか

時は今行かねばならぬ本能寺（松江）森廣　典子

マドンナにあしたは逢える寺参り（松江）多胡　誠夫

逆らっちゃダメ父さんは天の邪鬼（三刀屋）難波紀久子

いよいよ佳境に入る浪曲

途中ですがここで地震のニュースです（宍道）高木　和

そこのけそこのけお馬が通る

念願の一勝あげた帰り道（松江）村田　欣子

お祭りの代官様はお父さん（浜田）安達美那子

まっしぐら赤穂をめざす第二報（出雲）佐藤まさる

山陰で一番という大型店（邑智）源　瞳子

滞納してる国民年金

ポスターで大見得きった恥ずかしさ（松江）渡部　靖子

ぎっくり腰がまだ治らない
鍼に灸赤外線に温湿布　（三隅）大空　晴子

藁葺き屋根がまたひとつ消え
宝くじ当てたらしいという噂　（大田）杉原ノ道真

監督はロケの下見もそこそこに　（松江）福田　町子

あなたちっとも変わらないわね
お互いにおだて合ってる共白髪　（浜田）森　友芳

整形費きっと返してもらいます　（平田）原　陽子

義理チョコもらって舞い上がる祖父
ヨン様に熱上げている祖母も祖母　（浜田）勝田　艶

中卒だった父さんの夢
一族を引き連れて来た甲子園　（松江）庄司　豊

酒さえ飲まにゃいい亭主だが
グチなのかおノロケなのか測りかね　（浜田）大井　一弥

個人情報漏らさないでよ
国会は年金審議もめにもめ　（松江）三島　仁井

答案はやっとそれだけ書いて出し　（松江）村田　行彦

逃げ出したカレとはそれっきり
オッパイを含ませミケは目をつむり　（松江）木村　更生

和さんの「地震のニュース」—、よくあることです。それが震度3ぐらいだと、不謹慎ながら、グチのひとつも言いたくなるもの。で、やっと浪曲にもどってしばらくすると、また、さきほどの地震による津波の心配はありません—。

靖子さんの「大見得」は痛烈なパンチ。仁井さんの

「年金審議」もグッド・タイミング。

　個人情報保護をタテに社会保険庁に圧力をかけた厚労相の発言も、こうして連歌の世界でなら立派に通用するのですね。そういえば、「フセインが見つからないからといって、フセインがいなかったとは言えない」という「名言」などは、近年にない傑作の部類でしょうか。みなさん、連歌を始められればいい。もったいないです。

　もっとも、連歌のウソは、ウソと分かるようにつくウソなのであって、だますつもりでつくウソと、そこはやっぱり違います。

　パロディーと盗作――、この関係と同じなんですね。いろいろ勉強になります。

◇

　今度は、今日の入選句を前句に選んで、それに七七の付句です。選んだ前句も明記してください。

242 ●●● 分かってはいても手が出るボール球

〈二〇〇四・六・一〇〉


　中日新聞の付句欄を担当なさっている矢崎藍さんが、『付け句恋々（れんれん）』（中日新聞社）という本をお出しになりました。『連句恋々』『おしゃべり連句講座』『平成つけ句交差点』に続く四冊目です。

　私なんかの選句とちがって、色っぽい作品が多いですね。松江の川津蛙さんの恋句も紹介されています。みなさん、ぜひご一読を。

分かってはいても手が出るボール球（だま）　（平田）原　陽子
弘法さまは筆を選ばす　（江津）星野　礼佑
ならぬ堪忍するが堪忍　（松江）森廣　典子
あの娘がそばでじっと見ている　（多伎）品川　和美
好きになるのはいつも長男　（大社）飯塚猫の子
駆け引きできぬ損な性格　（松江）福田　町子
かくして僕はまだフリーター　（松江）芦田　純子
目立ちたがりの血が災いし

年金はたいて買う宝くじ　（木次）岩佐　恒子
ハルウララには妹もいて　（松江）黒崎　行雄
反対されりゃなお意地になり　（松江）三島　安子
チチローになる夢はあきらめ　（邑智）源　瞳子
泣き声聞けばゆらぐ決心　（大田）大谷　勇
ばあちゃんオレだよオレだよオレオレ　（松江）高橋　光世
バーゲンセールへ飛ばすタクシー　（平田）原　愼二
文句ある奴ぁやってみやがれ　（浜田）植田　延裕
ホステスの出す強いフェロモン　（大田）杉原ノ道真
疲れてるのと妻は寝返り　（浜田）辻岡　貞光
レッツ連歌はむずかしいもの　（掛合）板垣スエ子
やさしいパパでこわい監督　（大田）清水　鈴江
ほこりかぶったカバンごろごろ　（松江）木村　更生
料金いっしょ打たなきゃ損々　（松江）村田　行彦
これで失敗したと指立て　（浜田）安達美那子
借りれば返すものと知りつつ　（浜田）滝本　洋子
バス停からも見えるたいやき　（大社）川上　梨花
寝起きに見たらまるで別人　（松江）多胡　誠夫
腐りかけほどうまい鯖鮨　（松江）渡部　靖子
人間（にんげ）はみんなそげなもんだが　（宍道）高木　和

「こういう前句のとき注意しなければならないのは…、なんでしたっけ」と、前々回、わざとイジワルしておいたのですが、正直なところ、八割がたは野球の話が出てくるだろうと予想していました。結果は逆でしたねぇ。野球の句はほとんどありませんでした。みなさんのレベルがそこまで上がっているとは、失礼ながら思っていませんでした。うれしいことです。

行雄さんの「ハルウララの妹」、私にとっては一番のお気に入りです。「あーあ」というため息が聞こえてきそう。そんなに嫌なら買わなきゃいいのですが、そこが「分かってはいても…」なんですね。

愼二さんの「バーゲンセール」もおもしろい。これは「タクシー」で成功。

野球の話がいけないというわけじゃない。鈴江さんの「やさしいパパでこわい監督」は、高校球児の視点でしょうか。

貞光さん、美那子さん、誠夫さんの句のような色っぽい作品も、私の選にもあるにはあります。

◇

次の前句は、

待ちに待ったる梅雨明け宣言

この句に、楽しい五七五を付けてください。

243 ●●● 監督はロケの下見もそこそこに

〈二〇〇四・六・二四〉

誰だっけエー誰だっけ誰だっけ
この一問で世界一周　（松江）村田　欣子
ととさまの名はかかさまの名は　（松江）芦田　純子
オレオレかわすバアちゃんの知恵　（浜田）勝田　艶
まとめた香典さっき渡した　（松江）森廣　典子
ちょっと待ってね化粧するから　（平田）原　陽子

一族を引き連れて来た甲子園
去年のようにはいかぬ阪神　（邑智）吉川　一利

逆らっちゃダメ父さんは天の邪鬼
酒を飲ませて落とす手はある　（松江）門脇　益吉

第三回連歌甲子園の募集が始まっております。前句は、
似なくてもいいことばかり親に似て
きのうもきょうもジャンケンで負け
の二つ。締め切りは九月十日（金）、入選発表は十一月中旬の予定。
知り合いに高校生がおられましたら、楽しい作品をいっぱい送っていただきますよう、みなさん、ぜひお勧めください。島根、鳥取両県以外からも、たくさん作品を寄せていただければ、と念じております。

監督はロケの下見もそこそこに
出雲といえばまず割子そば　（出雲）佐藤まさる
美人女将（おかみ）と熱燗でチョイ　（安来）根来　正幸
泥沼化するイラク戦争　（浜田）植田　延裕

時は今行かねばならぬ本能寺
将軍様は鼻であしらい　（松江）福間　正生

お互いにおだて合ってる共白髪
仲良きことは美しき哉　（松江）福田　町子

グチなのかおノロケなのか測りかね
玉虫色の受け答えする　（邑智）源　瞳子

宝くじ当てたらしいという噂
日ごとに増える塀の節穴　（浜田）安達美那子
いの一番に早期退職　（松江）多胡　誠夫
朝寝朝酒朝湯が大好きで　（松江）中村　清子
もともと丈夫でなかった心臓　（松江）木村　更生

答案はやっとそれだけ書いて出し
イイクニ作ろう鎌倉幕府　（多伎）品川　和美
先生ずっと大好きでした　（出雲）三成　圭子

オッパイを含ませミケは目をつむり
ワンと吠く子に母と慕われ　（三刀屋）難波紀久子

町子さんの「美しき哉」——、例の複製の色紙だの絵皿だの、いろんなところでよく見かけます。差し支えがあればお詫び申しますが、どうもあんまり趣味のいいものじゃない。「闘魂」なんて書いてあるお土産物と同じで、言葉の中身まで安っぽく聞こえてしまいます。で、その「安っぽさ」が、この場合、活きているんですね。「おだて合ってる共白髪」という、まことに結構な前句の情景なのですが、それをちょっと皮肉な視点から見て茶化しているように、私には感じられます。

まさるさんは、最近ずいぶんお上手になられました。少し以前なら、割子そばを「食う」などという言葉を、きっとお入れになっていました。それを伏せるだけで、こんなにシャレた表現になるのですね。いつも私のやる、下手な句に直す「添削」、今日はみなさんのほうでやっていただいて、元の句と比べてみてください。

◇

それでは、次の課題―。

例によって、今日の入選句のうちどれかを前句に選んで、今度は五七五の句を付けてください。

◇

なお、七月二十九日の「スペシャル」の前句は、

録画予約のアテがはずれて

です。こちらも付句は五七五ですね。あわせてよろしくお願いいたします。

244 ●●● 待ちに待ったる梅雨明け宣言

〈二〇〇四・七・八〉

待ちに待ったる梅雨明け宣言

スニーカーはずむ湖畔の散歩道　（松江）門脇　益吉

いかあッすかァーとバイトも声嗄らし　（温泉津）山形　俊樹

わっしょいわっしょいソーレソレソレお祭りだ　（松江）松田とらを

着メロはわれは海の子白波の　（松江）木村　更生

できたなら仕方がないと親も折れ　（松江）三島　仁井

停年後まいにち暇をもてあまし　（松江）杉本　末吉

今年こそ黒字にしたい海の家　（松江）野津　重夫

順延でまだ決まらない出場校　（松江）村田　欣子

ひとまずは盥（たらい）プールで我慢する　（浜田）藤田　楠子

枝豆と冷や奴さえあればよい　（浜田）大井　一弥

彼氏には秘密にしてる超ビキニ　（松江）堀　ナツコ

あらイヤだ去年の水着入らない　（浜田）佐々木勇之祐

捨てがたき暖簾を孫が継ぐという　（石見）渡辺　正義

缶ビール二本までよと釘さされ　（大田）杉原ノ道真

バアちゃんはブラウン管に手を合わせ　（浜田）勝田　艶

気のきいた一句予報士用意して　（松江）池田　鶴代

通販でどっさり買った日焼け止め　（益田）石田　三章

見にゃならぬ天神さんのギャルみこし　（松江）森廣　典子

それからがヤケに涼しい家電店　（松江）小田まるむ

道産子にゃ関わりのない話です　（松江）庄司　豊

退院を告げるナースのかたえくぼ　（平田）原　陽子

オーナーとなった棚田が気にかかり　（松江）花井　寛子

難関の路上試験も無事終わり　（平田）原　愼二

サーカスも来ぅけんお出(え)で夏祭(まつぅ)　（出雲）佐藤まさる

一年に一度は逢える天の川　（掛合）板垣スエ子

婆さんやそろそろ炬燵しまおうか　（安来）根来　正幸

A型はそっと折り傘しのばせて　（平田）曽田　康治

ポイントを軋ませてくる新車輌　（大田）丸山　葛童

尺玉が割れて牡丹や菊の花　（宍道）岩田　正之

例によって例の問題—。一弥さんの「枝豆と冷や奴」に、あと何が入っておれば、まるでダメな句になっていたことでしょう？　もう皆さんはお分かりですね。まして、桃菴センセの出題ですもの…。答えは簡単ですが、実際に句を作るときにこういうことに気づくかどうか、そこで入選とボツとが分かれます。

「梅雨明け宣言」から「退院を告げるナース」へと飛んだ陽子さんのアイデアはお見事ですが、アイデアだけでも入選はおぼつかない。下五の「かたえくぼ」が効いています。看護師さんにえくぼがなくっても、別に犯罪にはあたらないのですが、そこはそれ、これもいつも申しあげる、フィクションの威力。フィクションを排した文学なんてほんとにつまらないと、こういう傑作を見ていると、つくづく…思われませんか。

皆さんのレベルは、どんどん上がってきています。一面しんどいかもしれませんが、その分、挑戦のしがいもあろうというもの。

◇

鳥人間に今年も挑戦

で、次の前句—。夏らしいところで、

余談ながら、毎年コンテストの行われる琵琶湖の松原水泳場は、桃菴センセがご幼少のころ、いつもパチャパチャあそばしていた所だったのでございます。楽しい五七五をお待ちしております。

245 ● ● ● ととさまの名はかかさまの名は

〈二〇〇四・七・二二〉

ととさまの名はかかさまの名は

血統がまず物をいう競走馬　（三刀屋）難波紀久子
それってさプライバシーの侵害ジャン（平田）原　陽子
誰にでもついて行ってはいけません（松江）森　敦子

玉虫色の受け答えする

お相手は人事部長のお嬢さん　（松江）余村　正
仲人も十回目にはサジを投げ　（宍道）高木　和
本日の党首会談おわります　（邑智）吉川　一利
掌をひっくり返す袖の下　（浜田）大井　一弥

ワンと吠く（な）子に母と慕われ

何回も撮り直しするコマーシャル　（松江）高橋　光世
ゆったりと過ごすわたしの更年期　（安来）原田玖美子

出雲といえばまず割子そば

石の上にも三年で店を持ち　（浜田）安達美那子

遠ぇところようお出でませ讃岐から（宍道）高木　酔子

日ごとに増える塀の節穴

こんな田舎にミス日本がIターン（浜田）藤田　楠子
いまどきのお妾さんてどんな人（松江）福田　町子

去年のようにはいかぬ阪神

人間は毎年ひとつ歳をとる　（出雲）矢田かず江

もともと丈夫でなかった心臓

ちかごろは毛が生えてるという噂　（浜田）勝田　艶

いの一番に早期退職

天下りします吸います甘い汁　（松江）木村　更生
リコールを隠した過去がバレぬうち（邑智）源　瞳子

仲良きことは美しき哉

豊作のかぼちゃピーマン茄子トマト（宍道）岩田　正之
誰だっけエー誰だっけこの作者（安来）根来　正幸

朝寝朝酒朝湯が大好きで

髪結いの亭主と呼ばれ五十年（松江）岩成　哲男
クス玉が割れて突然おめでとう（出雲）佐藤まさる

ちょっと待ってね化粧するから

久しぶり連れだって行く投票所（松江）黒崎　行雄
そのままのほうがマシとも言えもせず（松江）杉本　末吉

酒を飲ませて落とす手はある

ぼんやりと朝帰りするミイラ取り（松江）松田とらを
スサノオはみごとオロチの首を刎ね（松江）花井　寛子

先生ずっと大好きでした

保育所で泣き虫だったボクだけど（松江）金築佐知子
分かってネせっせと付句送るわけ（松江）川津　蛙
年金が未納だったと聞くまでは（松江）芦田　純子

酔子さんの「遠ぇところ」―、そばに対してうどん、という連想でしょうが、下五の「讃岐から」が、妙に取って付けたような感じがします。いえ、そこがおもしろいのです。笑点でいえば、木久蔵さんですね。

かず江さんの「毎年ひとつ」もバカバカしい。これはこん平さん？

正幸さんの「誰だっけ」―、これはあきらかに盗作ですナ。…というのはもちろん、冗談。ほんとうの盗作はバレないようにするもの。正幸さんのは、バレてくれなきゃ話にならない。こういうのを「パロディー」と申します。

それはともかく、もともと関係のない句同士をくっつけてみる、こういうイタズラも時にはやってみると、意外な発見があるものです。ふだんは、付けよう付けようと意識しすぎて、ついベタ付けになったりしますからね。

◇

次は、きょうの入選句に、七七の付句です。

◇

来週、第五木曜日は、森露先生の「スペシャル」。どうぞお楽しみに。

スペシャル（村瀬森露）●●●

録画予約のアテがはずれて

〈二〇〇四・七・二九〉

録画予約のアテがはずれて　（三刀屋）難波紀久子
それなりに裏番組もおもしろい　（益田）石田　三章
ダイジェスト朝も見て買うスポーツ紙　（松江）門脇　益吉
説明書読めば読むほど判らない　（大田）清水　すず
松坂も和田もふんばり引き分ける　（浜田）佐々木勇之祐
つい癖で暗証番号入れたかな　（松江）森廣　典子
犯人は誰だったのか気にかかり　（松江）村田　行彦
冷蔵庫以外はプラグ抜いて出た　（松江）渡部　靖子
やっと出た後姿が一秒間　（大田）杉原ノ道真
来月の前句は何と聞き回り　（江津）星野　礼佑
電気屋の説明待たずセッティング　（浜田）勝田　艶
夕涼み子に誘われて蛍狩り　（松江）三島　仁井
対立の候補万歳繰り返し　（宍道）高木　酔子
女房に二目半ほど負けました　（松江）木村　更生
阪神はボロ負け巨人三連勝

新聞の交換ひろば利用する　（松江）野津　重夫

酔子さんの句、碁をしたとは言っておられませんが、情景がよく思い浮かびます。さすがです。道真さんの句も、聞き回るということを入れておられることで、面白さがバージョンアップしています。

放送時間の変更によるアテはずれといえば、やはり野球によるものが思い浮かびますが、すずさんの句は、松坂と和田を持ってこられたのが成功です。ドーム球場での投手戦と、普通に読んでも面白いのですが、強引にアテネ五輪の決勝戦だと解釈すると、違った試合展開と時間帯になり、二つの解釈の違いが楽しめます。

更生さんの句を読んで、"Alexander and the Terrible, Horrible, No Good, Very Bad Day" というアメリカの絵本を思い出しました。アレクサンダー君の、とこととんサイアクの一日を描いた絵本です。

朝起きたら、ガムが髪の毛にひっついていたことから始まり、朝食のシリアルの箱に自分だけおまけが入ってなかったり、窓際でない車の後部座席の真ん中に座らされたり、兄にひどくからかわれて殴り返したら、殴り返したところだけをお母さんに見られて怒られたり、とうとう寝る時まで、猫が自分とは寝たがらず兄のベッドへ行ってしまう—と、とことんサイアクの一日が「楽しく」描かれています。

阪神ファンにとってのサイアクの日がこの後どうなるのか、続きを付けてみたくなりますね。

ちなみに、アレクサンダー君は頭にきて、「オーストラリアに引っ越してやる」と考えたりするのですが(南半球なので何もかもあべこべで、サイアクがサイコーに変わるかもということかもしれません)、それに対して、お母さんが「そんな日はたまにあるものよ、オーストラリアに行ったって」と返すのが、この絵本のオチになっています。なかなか味のあることを言うお母さんですね。

よい夏になりますように。

246 ●●● 鳥人間に今年も挑戦

〈二〇〇四・八・一二〉

酒折連歌賞の第一回から五回までの入選句を集めた、『言の葉連ねて歌あそび』(角川書店)という本が出ました。それぞれの作品ももちろんいいのですが、それに付けられた選評が勉強になります。冒頭の一つだけご紹介しておきます。

この星の次の世紀へ何語り継ぐ
ブルーベリーの青さまぶしい朝の食卓
(北海道) 松浜　夢香

問いの「何」へ直接的には答えず、光のあふれる朝の食卓にブルーベリーを並べているさまを描き、そんなおだやかな営みが次の世紀にも続いてほしいという願いをこめている句。この問いの片歌にはストレートで声高な答えが多かった中で、視点をずらし、日常的な平和を明るく示している点がしゃれている。さらに「この星」すなわち「地球」という青い惑星と、ブルーベリーの青い小さな粒とが、イメージの上で重なりあうという仕掛けが意外で楽しく、秀逸。

鳥人間に今年も挑戦

ムササビをじっと見つめて膝叩き　（邑智）吉田　重美
怪我のないレッツに妻は励みおり　（邑智）吉川　一利
空遠く幸住むと人のいふ　（松江）古瀬紀美子
もうそろそろ皆勤賞が貰えそう　（大社）飯塚猫の子
ヨン様にハマってばかりいられない　（松江）池田　鶴代
人生はいろいろ文句ないだろう　（松江）渡部　靖子
UFOに置いていかれたエイリアン　（益田）黒田ひかり
年金もイラクも忘れ大歓声　（松江）多胡　誠夫
落雷で送電線は切れており　（温泉津）加藤　妙鳳
お金ならどうにかしますやりなはれ　（大田）清水　すず
吊り橋はずっと前から切れたまま　（宍道）岩田　正之
世の中を憂しとやさしと思ふより　（松江）庄司　豊
ふるさとの彼女に送るメッセージ　（松江）兼本美樹子
前世を探ってみたい血の騒ぎ　（平田）原　陽子
引力に抗うことのむずかしさ　（三刀屋）難波紀久子
大凧で鯱(しゃちほこ)ねらう闇の中　（松江）岩成　哲男
思いきりハデな衣装を身に纏い　（大田）丸山　葛童
風船の数の多さがアダとなり　（大田）杉原ノ道真
羽衣の薄さに耐えるダイエット　（松江）森廣　典子
着水はベッドの下で夢が覚め　（松江）杉本　末吉

鳥人間は昔もいました。

南北朝のころ、水船のなにがしという無頼漢は、洪水で橋の流された川を前にして…、まず、靭(うつぼ)より鏑矢(かぶらや)一筋抜き出しますと、弦巻(つるまき)の弦、これは弓の弦が切れた場合のスペアなのですが、これを取り出しまして、矢に結びつける。もう一方の端は自分の体に括(くく)りつけて、さて、弓を取ってその矢を、よっぴいてひょうと放ちますと、…飛んだのですね、みごと。途中で一度高度が落ちるのですが、あわやと見るやこの男、慌てず騒がず、もう一度矢を射直しますと、今度は川をはるかに越えた畑の中まで飛んで行った、と申します。

その川というのが、琵琶湖にそそぐ愛知（えち）川。鳥人間の集まる松原水泳場から遠くありません。これも何かの因縁でしょうか。『三国伝記』という本に出ています。

◇

次の前句は、

ひとり涼しくすごす真夏日

毎日暑いですね。何か工夫はないものでしょうか。五七五のアイデアをお願いします。

247 ●●● 久しぶり連れだって行く投票所

〈二〇〇四・八・二六〉

久しぶり連れだって行く投票所
わたしはアヤヤあなたヨンさま　（川本）森口　時夫

誰にでもついて行ってはいけません
愛があるから大丈夫なの　（旭）加藤　尋風

石の上にも三年で店を持ち
プロ球団も買い取ると言う　（大田）杉原ノ道真

天下りします吸います甘い汁
文句あるならあんたもやったら　（安来）根来　正幸
穂の出る時期を狙うカメムシ　（宍道）岩田　正之

分かってネせっせと付句送るわけ
年賀はがきがもったいないジャン　（浜田）勝田　艶

遠ぇところようお出でませ讃岐から
花嫁さんを出迎える姑（はは）　（平田）原　陽子

豊作のかぼちゃピーマン茄子トマト
ご先祖さまをお迎えするのよ　（松江）勝部寿美枝
インターネットで即日完売　（松江）中村　清子
おらが名前をブランドにして　（温泉津）山形　俊樹
身動きとれぬ籠の鈴虫　（浜田）日原　隆

仲人も十回目にはサジを投げ

相も変わらずパクパクと食い　（浜田）岡本美代子

夫婦喧嘩もほどほどにしろ　（邑智）吉川　一利

人間は毎年ひとつ歳をとる

明治大正昭和平成　（掛合）板垣スエ子

もったいないこと浦島はして　（邑智）吉田　重美

それってさプライバシーの侵害ジャン

見なきゃいいのよ週刊誌など　（松江）井上　洋子

いまどきのお妾さんてどんな人

ゴミ出しの日がまだ分からない　（松江）川津　蛙

本日の党首会談おわります

場所を移して酌み交わす酒　（三刀屋）難波紀久子

そのままのほうがマシとも言えもせず

少しお塩を足してみるわね　（松江）小田まるむ

あれよあれよと進む合併　（松江）門脇　益吉

正直者はいつも損する。　（平田）曽田　康治

髪結いの亭主と呼ばれ五十年

念願叶い税理士となる　（松江）花井　寛子

離婚届に目が点になる　（大田）丸山　葛童

人生いろいろ仕事もいろいろ　（松江）野津　重夫

リコールを隠した過去がバレぬうち

挙式の日取り急ぐ仲人　（松江）多胡　誠夫

保育所で泣き虫だったボクだけど

ゴッツァンですと手刀を切る　（浜田）藤田　楠子

何回も撮り直しするコマーシャル

入浴剤をまた追加して　（松江）持田　高行

お相手は人事部長のお嬢さん

新車のへこみ見ては溜め息　（松江）森廣　典子

こんな田舎にミス日本がIターン　（松江）村田　行彦
友達百人連れて来てくれ　（松江）木村　更生
また古ぎつね悪さしおって

スサノオはみごとオロチの首を刎ね
鏡の池にうつす臨月　（松江）田川　君江
ひとつになった０４総体　（出雲）石橋　律子
見得を切る子にお捻りが飛ぶ　（大田）清水　すず
しらじら明ける夜神楽の杜（もり）　（益田）石田　三章

ナンセンスな句作りでむずかしいのは、ともすればリアリティーに欠けること。「ナンセンス」と「リアリティー」はほとんど反対語ですから、これは当たり前のことなのですが…。

ところが、隆さんの「鈴虫」は、ほんとにナンセンスで、そんな情景を私は一度も見たことがないのに、ありありと目に浮かびます。もがき苦しんでいるかわいそうな鈴虫が…。不思議ですね。このあたりのメカニズム、一度じっくり考えてみたいと思っております。

◇

次の課題は、今日の入選句に五七五の付句です。

◇

森露さんから、九月の「スペシャル」の前句も預かっております。

木を見る人と森を見る人

こちらも付句は五七五です。

小池泉水

248 ●●● ひとり涼しくすごす真夏日

〈二〇〇四・九・九〉

ひとり涼しくすごす真夏日

青簾打ち水風鈴かき氷　（松江）勝部寿美枝
鍵かけて生まれたままの日曜日　（松江）川津　光
なんだかだ言っても年金ありがたい　（大田）清水　すず
ばあさんやタンクトップはやめてくれ　（宍道）高木　酔子
少し言いすぎた思いを切り換えて　（益田）石田　三章
白熊の檻に氷のプレゼント　（松江）木村　更生
留守番のビールがすすむ盆休み　（松江）岩成　哲男
戦争を知ってる祖父のド根性　（松江）渡部　靖子
石筍（せきじゅん）の数調査する鍾乳洞　（宍道）岩田　正之
応援はテレビの前でしています　（掛合）板垣スエ子
読むはずの本は枕となりはてて　（松江）森廣　典子
カナヅチは五右衛門風呂で間に合わせ　（芸北）堀田　卓爾
やは肌のあつき血汐にふれも見で　（米子）田中つよし
木曽のナ～中乗りさんはナンジャラホイ　（邑智）吉田　重美
僕だけが聞いたゆうべの呻き声　（松江）小田まるむ
面倒なことは手下に丸投げし　（大田）杉原ノ道真
福引で私が当てた扇風機　（出雲）矢田かず江
めやしこと心頭滅却しればえが　（宍道）高木　和
ありついたお化け屋敷のアルバイト　（浜田）安達美那子
風穴の在りか誰にも教えない　（浜田）勝田　艶
菩提寺の本堂抜ける浜風に　（大田）丸山　葛童

重美さんの「木曽のナ～」――、名調子に桃菴センセ、ぞっこん惚れ込んでおしまいになりました。

言うまでもなく「夏でも寒い」という歌詞から思いつかれたのでしょうが、それをそのまま持ってきたのではベタ付けになります。で、その部分は避けるとして、あとはしかし、こういう場合は、原型をなるべく崩さないように持って来るのが最大のコツです。早い話が、ああ、あの歌だなと、人に分かってもらえなくては何にもなりません。

重美さんは、実に巧みにそれをなさっています。そうとう緻密（ちみつ）な計算があったはず。もっと平たくいえば、似たような句を他にもいっぱい作ってみられたにちがいない、ということです。見てきたようなことを申しますが、これは私の経験からして、一〇〇％間違いはない。

しかも、こんなに苦心しました、というふうにはぜんぜん見えないところが、この句のすばらしいところ。ほんとうに木曽の御岳山に登って、悠然と俗界を見下ろしながらこの歌を朗々と歌っているような、その声が聞こえてくるような、実にすばらしい作品です。下五の「ナンジャラホイ」が効いています。

かず江さんの句も、桃菴センセのお気に入り。こちらは「私が」の「が」一文字でもった句ですね。福引で扇風機など、めったに当たるものではありませんが、それにしても、たかが扇風機—、たまには人が使ってもよさそうなもの…。昔はやった「いじわるばあさん」を思い出しました。かず江さんがそうだと申しているわけではありません。

◇

次の前句は、

シンクロの選手はみんな同じ顔

この前句、オリンピックの時期にぶつけようかと思ったのですが、誤解されては困りますので、遠慮しておりました。いえ、決して茶化しているのではありません。つねづね不思議に思っていたのです。どなたか、わけを教えてください。

付句は七七です。

249 ●●● 身動きとれぬ籠の鈴虫

〈二〇〇四・九・二三〉

身動きとれぬ籠の鈴虫
帰省した子ら駆けまわる広い家　（松江）余村　正

正直者はいつも損する
神宿るなんていうこと真に受けて　（出雲）佐藤まさる

ひとつになった０４総体
今時の若けもんなんて言わないで　（出雲）石橋　律子
四年後の北京に繋ぐ希望の灯　（松江）花井　寛子

ご先祖さまをお迎えするのよ
ゴミの山燃やし終えたる十三日　（六日市）河野　礼子

少しお塩を足してみるわね
体脂肪減らぬお腹のマッサージ　（平田）原　陽子

鏡の池にうつす臨月
早まるな死んで花実が咲くものか　（大田）清水　すず

インターネットで即日完売
うっかりと一桁違う価格つけ　（松江）岩成　哲男

ゴッツァンですと手刀を切る
小切手をちらっと見れば一億円　（宍道）岩田　正之
女房は高見盛の追っかけで　（大田）諸勝　米

文句あるならあんたもやったら
一億が記憶にないとはよう言わん　（大田）杉原ノ道真
金メダル取れなくたっていいじゃない　（大社）飯塚猫の子

あれよあれよと進む合併
ケチンボは名刺の住所手で直し　（宍道）高木　和

愛があるから大丈夫なの
アテネでは妻金メダル夫銅　（松江）黒崎　行雄
カマキリのママが父さん食べている　（旭）加藤　尋風

新車のへこみ見ては溜め息
お前だろあんたでしょうとなすり合い　（平田）曽田　康治
ヨン様はこんなポーズもサマになり　（東出雲）水野貴美子

相も変わらずパクパクと食い
海老に鯛トロに鮑に雲丹イクラ　（浜田）大井　一弥

花嫁さんを出迎える姑（はは）
十二頭立ての馬車とは気に食わぬ　（出雲）矢田かず江

出雲弁わたし好きです覚えます　（木次）藤原　政子
年の功本音たてまえ使い分け　（松江）森　敦子
永年の借りの返せる時が来た　（浜田）日原　野兎
これからが見ものと固唾（かたず）のむ近所　（邑智）吉川　一利

夫婦喧嘩もほどほどにしろ
たまりかねついにカスガイ割って入り　（松江）三島　仁井
嫁の来ぬ向こう三軒両隣　（松江）村田　欣子

友達百人連れて来てくれ
停年でギョーザ作りをまず覚え　（宍道）高木　酔子
合併で議員定数減らされる　（三刀屋）難波紀久子

また古ぎつね悪さしおって
じいちゃんの昔話のワンパターン　（松江）持田　高行
右の手を上げているのが御本尊　（松江）森廣　典子

場所を移して酌み交わす酒
もう二度と騙されはせぬ無礼講　（松江）三島　安子

しらじら明ける夜神楽の杜（もり）　（松江）田川　君江
タイヤキを半額にする店仕舞い
蓮の葉にキラリと光る玉の露　（松江）松田とらを

すずさんの句、ドキッとしましたが、でも、「鏡の池」で救われました。あの池で自殺はちょっと無理でしょうから。

そのほかにも、今回は、そうとうキツい作品がいくつかありますが、すべてフィクションということでお許し願います。

典子さんの「御本尊」には、ほっとさせられました。もっとも、狐というより狸っぽい感じではありますが…。

◇

次は、今日の入選句に七七の付句です。

スペシャル（村瀬森露）●●●

木を見る人と森を見る人

〈二〇〇四・九・三〇〉

木を見る人と森を見る人

一面の緑に映える山桜　（大和）山内すみ子
時計にも長短秒と針があり　（平田）原　陽子
三十年暮らしたそれが結論ね　（宍道）高木　酔子
連れ添って仲睦まじく五十年　（宍道）岩田　正之
父に似たわたし見合いは母と行き　（六日市）河野　礼子
噛み合わぬ郵政事業民営化　（松江）松田とらを
磯釣りを横目に帰る大漁旗　（出雲）佐藤まさる
名選手監督業は失敗し　（邑智）吉川　一利
天守閣手すりのほこり気にかかり　（出雲）矢田かず江
屋久杉は七千年も立ち続け　（松江）花井　寛子
勇には龍馬の心計りかね　（松江）持田　高行
偏はなに何画ですか調べよう　（益田）石田　三章
そんなこと関係はない雀蜂　（松江）村田　行彦
連れだって熊野古道を歩いてる　（大田）清水　すず
苦しみに耐えてアテネで花が咲き　（斐川）高橋　郁子
あちこちに散って詠んでる五七五　（三刀屋）難波紀久子

棟梁のお隣りさんは山を買い　（大田）杉原ノ道真
プロ野球合併するやらしないやら　（松江）庄司　豊
黙々と世界遺産を守ってる　（大田）諸勝　米
蟻の穴から城壁が崩れ落ち　（松江）渡部　靖子
この二つ百字以内で論じなさい　（松江）木村　更生

寛子さんの句を読んで、学生時代に屋久島へ行ったことを思い出しました。縄文杉も見ましたが、海に囲まれた島のうっそうとした木々に雨が降り注ぐさまに圧倒されて、一つひとつの木よりも森の方をよく覚えています。

かず江さんの句、いかにもありがちでおもしろいですね。みんなが「わあ、すごい」と言っている横で、一人だけ気付いてしまうのは、ユニークさを自慢できますが、寂しくもあります。木を見た人の孤独が伝わります。

この前句は、アメリカの著名な心理学者であるニスベット教授の著書の邦題『木を見る西洋人　森を見る東洋人』（村本由紀子訳）にヒントを得て（端的に言うとパクって）作ったものです。

この本は、特定の対象そのものに焦点をあてて、それを分析することを得意とする欧米の人の思考と、場の中、全体の関係の中で対象をとらえようとする東洋の人の思考の特徴を論じています。

「木を見て森を見ず」ということばがありますが、皆さんからの句は、森を見る方に好意的な句が多いというわけではなく、木を見る方に好意的というわけでもなく、両者が作る社会を詠んだ句が多かったように思います。

どちらかに軍配を上げず、両者の織り成すさまに目を向けるというのは、これはこれで、全体の関係の中で対象をとらえようとする東洋的思考の一つの現れなのでしょうか。ちょっと強引な解釈かもしれません。

今回は、各段落を百字以内で書いてみました。百字というのはけっこう短いですね。

250 ●●● シンクロの選手はみんな同じ顔

〈二〇〇四・一〇・一四〉

朝日新聞島根版で募集されていた「温泉ホテル旅館名織り込み川柳」に、レッツ常連お二人の句が、みごと入選！　コマーシャルになりますので、詳しい紹介は控えますが、ホテル・旅館の名をうまく詠み込んだ、とてもおシャレな作品です。

このうち一人は、以前にも県内の地酒の銘柄を詠み込んだ川柳を作っておられまして、このほうは山陰中央新報の広告に今もときどき出ておりますが、初めて見たとき、私はう～んと唸（うな）ってしまいました。

連歌と川柳とは兄弟のようなもの。短い言葉で含蓄ある表現をどう作り出すか―、短歌にも俳句にも通じることです。

さあ、みなさん、他流試合にもどんどん挑戦してみましょう。

シンクロの選手はみんな同じ顔　（三刀屋）難波紀久子
望遠鏡でホクロ確かめ　（出雲）石橋　律子
あなたも水に潜ってごらんよ　（松江）三島　仁井
酔って見ている深夜放送　（松江）庄司　豊
眼鏡探いてごせやバアさん　（温泉津）山形　俊樹
阪神ファンはさて誰でしょう　（大田）杉原ノ道真
二〇〇四年は瓜が豊作　（平田）原　陽子
脚しかあんた見ちょらんがネー　（松江）黒崎　行雄
妻も美人に見える湯上がり　（松江）小岡　光代
お人形さんかと思った愛ちゃん　（松江）多胡　誠夫
世界はひとつみんな兄弟　（益田）村上　綾子
わが子を探す赤のハチマキ　（美郷）吉川　一利
餌ねだってるツバメの赤ちゃん　（松江）岩成　哲男
鼻栓はめてみるお父さん　（松江）渡部　靖子
あきらめなさいそのダンゴ鼻　（大田）清水　すず
いっぺん聞きたいけど痛くない？　（平田）原　愼二
サンタも迷う建売住宅　（大田）諸勝　米
コーチも時に名前まちがえ　（浜田）安達美那子
だれがトップと張り合わず済み　（益田）石田　三章
ドーピングにはならぬ整形

乙姫様のやしゃごたちです　（松江）村田　欣子
だってイルカの演技ですもの　（松江）門脇　益吉
アワビかかげて笑う海女さん　（美郷）吉田　重美
足の裏まで見せてもらって　（浜田）佐々木勇之祐
観衆の目は千差万別　（浜田）大井　一弥
洗濯バサミ取れば合点　（江津）星野　礼佑
月見ダンゴもきれいに飾れて　（松江）福間　正生

みんなおんなじシンクロの選手、どこかで見たことがあると思ったら、なるほど湯上がりの顔でした。行雄さんの句、色っぽくまとまりました。

一利さんの「ツバメの赤ちゃん」には意表を突かれましたが、これも確かに、似てるといえばとても似ている。

哲男さんの句は人ごとのようなこと言ってますが、ほんとはご自分でやっておられるんじゃないでしょうか、夜ごと。お顔を存じあげているだけ、私はそんな気がしてなりません。もっとも、そのお顔、拝見したいとは、ゆめゆめ思いませんが。

それにしてもアレ、ほんとに「鼻栓」というのですか。もうちょっとシャレた名前がありそうなものですが。「洗濯バサミ」じゃ、もちろん、ないし…。

◇

次の前句は、

造り酒屋が軒を並べて

そろそろ新酒のシーズン！　もっとも、「酒」そのものにはこだわらないで、酒蔵が並んでいるような、そんなふうな街並み―、をイメージしたほうが付けやすいかもしれません。付句は五七五です。

251 ●●● 小切手をちらっと見れば一億円

＜二〇〇四・一〇・二八＞

小切手をちらっと見れば一億円
下へも置かぬ嫁の急変　（松江）門脇　益吉
ラーメン何杯食べられるかなあ　（平田）曽田　康治
ヨン様はこんなポーズもサマになり
爪のアカでも呑ませたいパパ　（浜田）勝田　艶
これからが見ものと固唾のむ近所
よくばりじいさんポチを借り出し　（松江）村田　欣子
無理にひとつになった町村　（美郷）山内すみ子

タイヤキを半額にする店仕舞い
無事生まれたの着信を見て　（益田）石田　三章
早まるな死んで花実が咲くものか
待っていましたヨッ大統領　（平田）原　陽子
お前だろあんたでしょうとなすり合い
子は通知表そっと引っ込め　（松江）三島　仁井
町内会はだれが出るのか　（松江）岩成　哲男
朝っぱらから探す新聞　（松江）金築佐知子

嫁の来ぬ向こう三軒両隣
出生率は下がる一方　（美郷）吉川　一利

海老に鯛トロに鮑に雲丹イクラ
豆腐で作る山寺の膳　（松江）金乗　智子

右の手を上げているのが御本尊
シルバーガイドは懇切丁寧　（大田）清水　すず

ゴミの山燃やし終えたる十三日
本懐遂げるときは目前　（三刀屋）難波紀久子

十二頭立ての馬車とは気に食わぬ
なにしろカボチャが大豊作で　（松江）高橋　光世

蓮の葉にキラリと光る玉の露
子を殺す世に釈迦は涙し　（大田）杉原ノ道真

一億が記憶にないとはよう言わん
貸した百円はやく返して　（安来）根来　正幸

もう二度と騙されはせぬ無礼講
配所の月をただひとり見る　（松江）渡部　靖子

ケチンボは名刺の住所手で直し
訂正印も押す変わり者　（六日市）河野　礼子
残しておきたい元の肩書　（松江）川津　蛙
チリも積もれば長者番付　（斐川）後藤　綾子

うっかりと一桁違う価格つけ
待てど暮らせど客は素通り　（松江）多胡　誠夫
まかり通った人間国宝　（松江）森廣　典子

今時の若けもんなんて言わないで
たかがに怒りストを決行　（松江）黒崎　行雄

女房は高見盛の追っかけで
ちかごろ所作もロボットに似て　（出雲）佐藤まさる
濡れ落ち葉など知ったことかい　（浜田）佐々木勇之祐

永年の借りの返せる時が来た

同窓会にあのワルが来る　（松江）吉川　郁子

鞭声粛々夜河ヲ過(わた)ル　（松江）木村　更生

停年でギョーザ作りをまず覚え

噂どおりの美人講師で　（大田）諸勝　米

出雲弁わたし好きです覚えます

小泉八雲没後百年　（掛合）板垣スエ子

小泉セツはだれが演じる　（松江）村田　行彦

帰省した子ら駆けまわる広い家

メリメリガタガタ築五十年　（出雲）石橋　律子

コスモス乱れ咲く裏の庭　（旭）加藤　純子

◇

智子さんの句を「ぜんぶ豆腐で作る禅寺」、典子さんの句は「まかり通るが人間国宝」、それから行雄さんの句は「たかが選手がストを決行」とでもしてみたらどうでしょう。

決してもとの作品が悪いわけじゃない。ただ、同じようなことを言うにもさまざまな表現がありうる、ということですね。その中でどれを選ぶかは、半分は好みの問題でもありますが…。

ご参考までに―。

◇

次は、今日の入選作を前句に選んで、付句は五七五。またまた楽しい作品、どしどしお寄せください。

252 ●●● 造り酒屋が軒を並べて

△二〇〇四・一一・一一▽

造り酒屋が軒を並べて

白壁のライトアップで客を呼び　（松江）木村　敏子
托鉢の僧立ち止まる試飲会　（松江）余村　正
繁盛はお稲荷さまのお陰です　（松江）松本　恭光
台風が煙突ひとつ消して行き　（美郷）吉川　一利
鯉泳ぐ水路に映るなまこ壁　（松江）渡部　靖子
覆面の夜盗が走る京の街　（浜田）藤田　楠子
ロケハンを見物人が取り囲み　（松江）黒崎　行雄
いつまでも馴染めぬ朝の団子汁　（松江）田川　君江
デパ地下の店も杉玉新しく　（大田）清水　すず
狭い路地観光バスもやっと抜け　（雲南）板垣スエ子
東海道弥次喜多道中膝栗毛　（松江）門脇　益吉
イベントにバッカス様をお迎えし　（江津）星野　礼佑
星月夜猫が一匹音もなく　（平田）原　陽子
家柄の違いに泣いた遠い恋　（出雲）矢田かず江
白壁と枝垂れ柳と影ふたつ　（浜田）執行　優与
土瓶蒸し煎りぎんなんに菊なます　（宍道）岩田　正之
空瓶を洗うバイトをしてました　（美郷）源　連城
人力に乗る気になった鯉の町　（益田）石田　三章
慈善家という先代の像も建ち　（大田）杉原ノ道真
一日の疲れを癒すコンサート　（芸北）堀田　敏代
徳利の出来をほめてる下戸二人　（宍道）高木　酔子
順調なロケに監督上機嫌　（出雲）佐藤まさる
運転をここで女房に替わります　（松江）花井　寛子

小池泉水

丁稚どん夜明けとともに道を掃き　（松江）村田　行彦
神無月出雲は神の無礼講　（松江）多胡　誠夫
素通りは御先祖様に叱られる　（浜田）大井　一弥
絵てがみで無事を知らせる旅の宿　（松江）高橋　光世
逢引きをそっと見守るなまこ壁　（雲南）難波紀久子
この町に生まれ育った大詩人　（松江）木村　更生
番傘の遠ざかり行く石畳　（益田）黒田ひかり
清流を舟で門出の嫁御寮　（松江）森廣　典子

君江さんの「団子汁」は、作者ご本人の説明をお聞きしましょう。

むかし、大地主のお嬢さまが造り酒屋へお嫁に行かれ、朝食の団子汁が何より嫌だったそうに聞きました。酒米はヌカが白くなるまで搗かれ、その白いヌカで団子が作られたそうです。貧農のくず米粉の団子汁とは比べようもなかったでしょうが、当時、雲の上の人だった地主のお嬢さまは、…と、こういうことだそうで、私も勉強になりました。

ひかりさんの句は、「番傘」というところがシャレていますね。番傘がひとりでに遠ざかるわけじゃ、もちろん、ない。番傘を差した「人」が遠ざかるのですが…、こういう言葉づかいを「換喩」と申します。

絵のような句になったなと自分で思いました、とのコメント。ご自身の作をしっかり見ておられるな、と感心いたしました。そう、換喩を用いると、視覚的なイメージがあざやかに表現できるものなのです。

「春雨やものがたりゆく蓑と傘」という蕪村の名句を思い出しました。

◇

今度は、次の前句に五七五を付けてください。

きょうは日曜あすは月曜

こういう手抜きをするのは、実はいま、「連歌甲子園」の選考で目の回るほど忙しいからで。なに、楽しんでやっておりますので、少しも疲れはしないのですが…。

なかなかいい作品があります。発表は来週十八日の木曜日。ご期待ください。

第3回連歌甲子園 〈二〇〇四・一一・一八〉

課題1 似なくてもいいことばかり親に似て

【大　賞】

国連無視してイラク攻撃 （浜田水2年）玉下　太郎

【優秀賞】

告白前にあきらめる恋 （愛媛・松山南2年）堀江奈緒美

慎重なのか、気が弱いのか、はたまた、単なるナマクラなのか。

あきれはててる親戚一同 （境港総合技術2年）出澤　竜一

ふつうは内容が具体的なほうがいい句になりますが、これはなんだか訳が分からないところがおもしろい。とにかく、親戚一同あきれはててるほどのこと、であるらしい。

瓜や蛙がうらめしくなる （熊本・熊本学園大付1年）大賀　千鈴

「瓜の蔓にはなすびはならぬ」、「蛙の子は蛙」。諺をうまく使ったところがミソ。こういうテもあります。

ボケばっかりでツッコミはなし （兵庫・神戸海星女子学院3年）谷本百合香

さすが関西！

こういう課題ニガテなんです （益田工2年）高橋健太郎

これは裏ワザ。前句の内容に直接付けるのではなく、そういう前句はニガテだという。なかなかニガテどころじゃなさそう。

うまくできてるヒトの遺伝子 （長野・坂城1年）島　直子

親子の遺伝子って、どれぐらい似ているものなのでしょう。ヒトとチンパンジーだって、98・77％は一致するそうです。

やっかいだけどけっこう楽しい

（大東2年）山根　知子

やっかいだけどーけっこう、というリズムがいい。一種の頭韻でしょうか。感心しました。

座ればよいしょ立てばどっこい

（境港工3年）石本　篤史

こういうのって年寄りの口癖かとおもったら、けっこう使ってますね、若い人も。

氷川きよしとヨン様が好き

（川本3年）上田　晋司

氷川きよしもヨン様も、中年のおばさまに人気。若いファンであっても、もちろん少しもかまわないけれど、でも、あんまりカッコよくない？

玉子の特売忘れずにいる

（開星3年）遠藤ちあき

一パック五十円なら、目の色変えるのも当然。で、節約に励んだあげく、おれおれ詐欺などにひっかからぬよう。

課題2　きのうもきょうもジャンケンで負け

【大　賞】

弟の後ろであたる扇風機

（開星3年）岡田　麻衣

【優秀賞】

最初はグーそう思ったのは私だけ

（鳥取商2年）加賀田有香

「最初はグー」なんてのはテレビからはやってきたことでしょうか。昔はなかった。しかし、後出しで勝つよりずっと潔い。

少しずつ使っておこう悪い運

（米子高専2年）吉持　尚隆

幸運と悪運と、みんな同じだけ持って生まれてきた、という説をひたすら信じて。

ふと見れば夕焼けこやけ秋の空

（出雲工2年）原　佑樹

たかがジャンケン。いつまでもこだわらない。きれいな句に仕上がりました。

皿洗い掃除洗濯犬の世話

（出雲工2年）三島　祐樹

この分じゃ、あしたはガラス拭き、あさっては草むしり？

ランドセルみんなの分も背負わされ

（開星3年）金織　栄里

類句が多かった中、言葉づかいのなめらかさで入選。

リモコンを奪われ画面変えられる

（浜田水3年）日高　祐輔

「奪われ」という語感からは、ジャンケンで負けたあともなお抵抗していた様子が…。

そんな日もあってもいいさ大魔神

（境港総合技術1年）権代　啓太

佐々木投手じゃなくって、これはほんとの大魔神、いつも握り拳の。類句にドラえもんを詠んだ句がいくつかありました。

似なくてもいいことばかり親に似て

（益田工1年）青木　将也

これぞ裏ワザ中の裏ワザ！　でも、実にうまく付いている。逆に、「…親に似て」に、「…ジャンケンで負け」と付けた作品もありましたが、こちらのほうが一歩リード。

デザートを独り占めする野望消え

（益田工2年）佐々井広巳

それぱかりか、自分の分まで取られてしまって。ギャンブルというものは恐ろしいもの。人生を誤ります。

おみくじで大吉当てて運が尽き

（開星3年）塩谷　貴弘

どういうおみくじじゃ？

【総　評】

　島根、鳥取両県をはじめ、宮城、栃木、埼玉、千葉、東京、新潟、長野、兵庫、香川、徳島、愛媛、熊本の高校生諸君から、「…親に似て」「…ジャンケンで負け」の二つの課題に二千句近い作品をお寄せいただきました。

　第三回を迎えた「連歌甲子園」、人間でいえばようやく幼稚園の年少児というところで、まだまだこれからですが、少しずつ少しずつ知名度も高まっているようで、たいへんうれしく思っております。ご応募いただいたみなさん、たいへんありがとうございました。ご指導願った先生がたにも、あつくお礼申しあげます。

◇

　付句は、前句から連想することを何でも詠めばいいのですが、とはいうものの、だれでも思いつくような平凡なアイデアだけでは、何百という作品の中から抜きんでることはできません。

◇

「…ジャンケンで負け」の付句では、教室の掃除をする、人のランドセルを運ぶなどの罰ゲームのほか、テレビのチャンネル争いやおやつの奪い合いといった内容が目立ちました。その中で表現に一工夫ある作品が入選しています。

　大賞の作品も、ジャンケンに負けて扇風機にあたれない、というだけならごく平凡なアイデアなのですが、「弟の後ろであたる」という表現で成功しています。それではろくろく風も来ないだろうと思うのですが、ときどき背伸びしたり、横から首を突き出したりしているのでしょうか。その滑稽な様子が目に見えるようです。単なる説明に終わっていないところがいいですね。

　それから、相手が「弟」というのが効いています。「兄」だったらおもしろさは半減してしまいます。連歌というものは、短歌や俳句のように、ほんとうに体験したことを詠むわけではありません。たとえ実体験からヒントを得たとしても、お話を「創る」ところは創らなければいけません。

◇

「…親に似て」の付句で多かったのは、背が低い、太っている、髪の毛が薄いといった体の特徴、あるいは、おしゃべりだ、あわて者だ、根気がないなどという性格を詠み込んだ句でした。こういう前句の場合、自分自身や身近にいる人のことを、つい思い浮かべてしまいます。それはそれでいいのですが、もっと別の発想もあってもいい。

大賞の「…イラク攻撃」は、そういう日常性を突き破った点を高く評価しました。いま世界の最大の関心を集めているイラク問題。アメリカの政策については賛否両論がありますが、ここで政治的主張をしようというわけでは決してありません。また、そんなことを考えていたのでは、このようなすばらしい作品は生まれなかったことでしょう。

若者らしい純真な目でしっかり世界情勢を見つめている、そんな姿にも好感を覚えました。歴史に残る名作です。

◇

言葉というものは、意味が伝わればそれでいい、というものではありません。

ＪＲに乗りますと、「便所使用知らせ灯」という表示を目にします。「便所」を「使用」していることを「知らせ」る「灯（あかり）」、とても分かりやすいですね。分かりやすすぎる！　でも、これがいい表現だとはだれも思わないでしょう。連歌甲子園だったら、確実にボツです。長い文章もそうですが、短い言葉のほうが、よりセンスが要求されます。みなさん、これからますます連歌に親しんで、言葉のセンスをどんどん磨いてください。

〈二〇〇四・一一・二五〉

253 ●●● 豆腐で作る山寺の膳

豆腐で作る山寺の膳
山伏が法螺貝も吹く団体さん　（温泉津）山形　俊樹

待てど暮らせど客は素通り
招き猫恨みつママはひとり酔い　（松江）三島　仁井
バアさんや犬を繋げと言ったじゃろ　（浜田）藤田　楠子

ほしいけど大根一本五百円　（美郷）山内すみ子
　爪のアカでも呑ませたいパパ
着のみ着のまま駆けつけるボランティア（松江）多胡　誠夫
　出生率は下がる一方
そういえば鼠も出なくなりました（松江）松田とらを
　まかり通った人間国宝
芸のため女房泣かした一代記（出雲）矢田かず江
　よくばりじいさんポチを借り出し
売れ残り弁当もらいに連れて行く（松江）村田　欣子
　本懐遂げるときは目前
見張られているとは知らぬラブホテル（出雲）佐藤まさる
　コスモス乱れ咲く裏の庭
猪や熊の足跡増え続け（松江）川津　蛙
来年の今ごろはもうダムの底（温泉津）加藤　妙鳳

　配所の月をただひとり見る
台風が真上通過というニュース（美郷）吉川　一利
キンニャモニャ踊る身振りもイタに付き（旭）加藤　尋風
　無事生まれたの着信を見て
獣医師になった娘の初仕事（平田）原　陽子
　メリメリガタガタ築五十年
開け閉めのこつヘルパーに伝授して（浜田）大井　一弥
　貸した百円はやく返して
ちょっと待てオレオレ詐欺の電話かも（川本）森口　時夫
マジックで子供泣かしてどうするの（雲南）難波紀久子
　シルバーガイドは懇切丁寧
何事もまず風土記から説き起こし（松江）木村　更生
　小泉八雲没後百年
怪談の場所もすっかり様変わり（松江）岩成　哲男

下へも置かぬ嫁の急変

合併で市長候補に名が上がり　（大田）杉原ノ道真
鶴瓶さんが長寿の秘訣聞きに来る　（松江）村田　行彦
じいちゃんの時もみんなで隠してた　（大田）諸勝　米

無理にひとつになった町村

頭文字ぜんぶ並べて決着し　（大田）清水　すず
皺やシミ最初は隠す厚化粧　（松江）森廣　典子

朝っぱらから探す新聞

ひょっとして出てやせぬかと木曜日　（浜田）岡本美代子
友人の訃報確かめ涙ぐみ　（美郷）源　連城

キンニャモニャを踊っているのは、後鳥羽上皇？…そんなアホな。でも、そう解釈したくなるようなケッサクな付句です。
「じいちゃんの時も」はシビアな内容ですが、これも付句のひとつの姿。前句をうまく転じて、厳粛な世界を描き切りました。

それではまた、きょうの入選句に七七の付句をお願いします。

◇

ますます好評の森露さんによる「スペシャル」、次回は十二月三十日。前句は、

モミの木の片付けられぬ年の暮れ

クリスマス・ツリーですね。門松の準備はまだなのでしょうか。私がよけいなヒントを出しちゃいけませんが…。とにかく、七七の句をいっぱいお寄せいただいて、今年の「レッツ」をにぎやかに締めくくりたいものです。

◇

来年の新春特集の前句も、早めにお知らせしておきます。

園児も汗を流すもちつき

こちらは五七五の句を、これも今からお考えおきください。
年末は忙しいですね。

きょうは日曜あすは月曜

〈二〇〇四・一二・九〉

きょうは日曜あすは月曜

大雪に備えて替える冬タイヤ　（雲南）板垣スエ子
寄り合いに決まって手帳めくる人　（松江）松田とらを
特売とポイントカードに操られ　（旭）加藤　純子
もう我慢できぬ虫歯が疼き出す　（宍道）岩田　正之
タモリさんまた忙しくなりますね　（松江）小川　裕加
宿題をやっと始める午後十時　（松江）岩成　哲男
宿題は学校行ってからにしよ　（松江）川津　蛙
同じことまた聞いている百五歳　（松江）福田　町子
パチンコに負けてフテ寝を決めている　（益田）石田　三章
お姉ちゃんお弁当箱出しなさい　（松江）曽我部由起子
この前句平凡すぎて困ります　（宍道）高木　和
この程度ならば英訳できるでしょ　（雲南）難波紀久子
カレンダー見て憂鬱な五月病　（大田）杉原ノ道真
ごめんねと言ってくれたらいいのにな　（松江）原　寛高
楽しみは新撰組と水戸黄門　（大田）清水　すず
旅先はいつもと違うテレビ欄　（松江）森廣　典子
リタイアーして落ちつかぬお父さん　（松江）余村　正
お互いが飽きるころには孫帰り　（松江）三島　仁井
どげすうだ会議資料ができちょらん　（安来）根来　正幸
新潟の学校授業再開し　（松江）黒崎　行雄
罹災地の暮れや正月いかばかり　（松江）福間　正生
鬼課長から逃げられぬ夢の中　（芸北）堀田　卓爾

お母さんたまには肩を揉みましょう（芸北）堀田　敏代
地芝居の千両役者は社長さん（浜田）日原　野兎
すれ違う仕事いいよな悪いよな（美郷）源　瞳子
何だかだ言うてるうちに年の暮れ（出雲）杉谷　佳子

由起子さんの「お弁当箱」、子供のころを思い出しました。日曜の翌日は月曜、というごく当たり前の前句に、この付句はピッタリ！　プ〜ンと匂ってきそうな名作です。

寛高さんの「ごめんね」も、学校の話題でしょうか。これも経験があります。自分のほうから謝れば何でもないのですが、それができないんですね。人の心の機微をうまくとらえています。

学校といえば、行雄さんの「新潟の学校」もいいですね。かつて、「二〇〇一年一月一日」という前句に、「神戸からやっと建てたと年賀状」という付句をいただいたことがあります。実は、あの阪神淡路大震災からまだ半年も経っていない一九九五年夏のことでした。連歌って、こういうこともできるのですね。

◇

さて、来年の「新春特集」は、一月十三日の木曜日になります。前句は、

園児も汗を流すもちつき

付句は五七五。お正月らしくとびきりめでたい句や、別にそうでもないのや、とにかくいっぱいお寄せください。

◇

それとは別に、久しぶりに皆さんからのコメントをまとめてご紹介したいと思っております。日ごろ「レッツ」をご覧いただいてお感じになっていること、また選者に対するご要望など何でも結構ですが、一、二行程度でお願いします。自分では付句を詠んだこともないけど…、などという隠れファンのかたからも、今回はたくさんおはがきをいただければと存じます。もちろん、作品抜きのコメントだけでかまいません。

255 ●●● 猪や熊の足跡増え続け

〈二〇〇四・一二・二三〉

猪や熊の足跡増え続け　（美郷）吉川　一利
過疎対策が選挙の争点　（浜田）藤田　楠子
メールで届く危険情報　（川本）森口　時夫
ふるさとの山はおそろしきかな　（松江）辻本　興輝
そろそろ鍋のうまい季節だ

ちょっと待てオレオレ詐欺の電話かも　（松江）余村　正
長押(なげし)の写真睨み利かせて

皺やシミ最初は隠す厚化粧　（境港）奈良井くに
ママさんバレーでびっしょりと汗　（浜田）勝田　艶
カツラも捨てる失恋の夜　（浜田）安達美那子
女の一生千回公演

そういえば鼠も出なくなりました　（平田）原　陽子
天変地異の前兆という　（松江）森廣　典子
今じゃ堅気になった次郎吉

何事もまず風土記から説き起こし　（松江）渡部　靖子
あくび居眠り意にも介さず　（松江）川津　蛙
尼子あたりで時間切れする

獣医師になった娘の初仕事　（出雲）飯国美奈子
忘れられないあの日のおつかい

招き猫恨みつママはひとり酔い　（松江）多胡　誠夫
私を捨てた人にそっくり

怪談の場所もすっかり様変わり　（宍道）岩田　正之
オール電化で駅から三分　（大田）清水　すず
都心にしては安いと思った

来年の今ごろはもうダムの底　（浜田）宇田山　博
家族揃って最後の餅搗き　（松江）三島　仁井
写真写真が口癖になり

ほしいけど大根一本五百円
踊りのできぬ応援団長　（松江）木村　更生
私の足で我慢しなさい　（松江）小野　晴加

台風が真上通過というニュース
カメラ片手に庭に飛び出し　（松江）持田　高行
今度は当てた石原良純　（松江）北村　舜

合併で市長候補に名が上がり
鏡に向かってヨン様スマイル　（出雲）矢田かず江
炊事洗濯あなたお願い　（宍道）高木　酔子

開け閉めのこつヘルパーに伝授して
陽の匂いする布団ホカホカ　（浜田）大井　一弥
むかし鍛えた小笠原流　（松江）花井　寛子
ヘソクリそこに隠してるのに　（美郷）福田　時子

じいちゃんの時もみんなで隠してた
ヤミ献金は昔からある　（松江）安東　和実

ひょっとして出てやせぬかと木曜日
ゴミにうるさい町内会長　（松江）福田　町子

キンニャモニャ踊る身振りもイタに付き
はじめて嫁と認められた日　（温泉津）加藤　妙鳳
忘年会は今年もバッチリ　（斐川）高橋　郁子

―父親が運転する車が事故に遭って、息子は瀕死の重傷。すぐに病院に運ばれたが、応対した外科医は真っ青。「私に手術はできない。…息子の手術は。」

これはいったい、どういうことでしょう、というクイズがあります。答えはあえて申しません。

なぜ私が突然こんなことを言いだしたのか、そのワケも伏せておきます。どなたかの句に対するコメントのつもり、とだけ申しておきましょう。名作です。

◇

さて、連句形式のこのシリーズ、ここでいったんうち切って、一月からは新たに、

コケコッコーと鶏の鳴く

から始めます。まるで芸のない前句ですが、来年は酉（とり）

年ということで、まずはこの句に五七五を付けてください。

◇

それでは皆さん、どうかいいお年を─、と私からは申し上げますが、いやいや、来週木曜もう一度、今年最後のお楽しみがあります。

スペシャル（村瀬森露）●●● モミの木の片付けられぬ年の暮れ

＜二〇〇四・一二・三〇＞

　モミの木の片付けられぬ年の暮れ
子ども生まれる至急来てくれ　（出雲）矢田かず江
ヒナが飛ぶまでもう少し待つ　（松江）平尾　和明
電飾ハウスにファンクラブでき　（松江）森廣　典子
我が家の行事すべて旧暦　（松江）渡部　靖子
帰国が延びたパパの連隊　（松江）村田　行彦
先ず被災地を巡るトナカイ　（宍道）岩田　正之
バイト代金はずみますから　（斐川）高橋　郁子
どこ吹く風と日だまりのネコ　（松江）森　　敦子
アスタマニャーナアスタマニャーナ　（仁多）松田多美子
明日があるさ明日があるさ　（川本）森口　時夫
ケーキ屋さんは餅屋が本業　（松江）木村　更生
明日退院の子を待っており　（松江）福田　町子
サンタにつづき巫女のバイトで　（松江）金築佐知子
レンタル期限もうちょっとあり　（松江）持田　高行
合格祈る絵馬吊るしてる　（松江）木村　敏子
付句に連歌次々と出て　（松江）太田　隆利
何でもやりますすぐお電話を　（松江）川津　　蛙
夢に終わった雪の降るイヴ　（仁摩）松本　沙紀
おせちの中にトリの足あり　（浜田）岡本美代子
ヨン様追って足捻挫して　（松江）松田とらを
畳の下の新聞を読む　（宍道）高木　酔子
地球の汚染みなで防ごう　（美郷）吉川　一利
誕生結納見舞お悔やみ　（大田）杉原ノ道真
つぶれた店のショーウィンドー　（松江）江島　輝美
廊下にまでも届く産声　（雲南）難波紀久子

年賀ハガキも尻に火がつき　（宍道）高木　和
ヒタキのつがい巣づくりをして　（松江）田川　君江
引き取り召されい原田甲斐殿　（松江）庄司　豊

「アスタマニャーナ」とは、スペイン語で「また明日」とか「明日があるさ」といった意味でしたよね、多美子さん。時夫さんのように日本語になると、ヒットした歌を思い出します。坂本九・浜田雅功・ウルフルズと、それぞれ別の人を思い浮かべながら、家族みんなで先送りにしているのかもしれません。

旧暦のクリスマスにはまいりました。家の行事だからいいですが、私は旧暦日程で入試を受けるなんて言う人が出てきたらどうしましょう。もちろん却下でしょうが、困りますね。

もっとも、ロシア正教では旧暦のユリウス暦を使っているため、ロシアでは新暦の一月七日がクリスマスで、この日が祝日になっているそうです。また、スペインなどヨーロッパの国々では、一月六日の顕現日（イエスが洗礼を受け、キリストが異邦人に対して顕現した日）までが降誕節で、クリスマスツリーなども顕現日まで飾られているそうです。

前句を作ったときは、このようなことは知らなかったのですが、「アスタマニャーナ」を調べているうちにここまでたどり着きました。二十五日がすんだら松の内の準備に模様替えする日本とは違い、世界各国では、今もクリスマスシーズンの最中で、ツリーも飾られているのですね。

それでは皆様、よいお年をお迎えになるのはもちろん、よいクリスマスシーズンを、まだまだお過ごしください。

園児も汗を流すもちつき

△二〇〇五・一・一三▽

氷がとけると何になる?

小学生の娘が、理科のテストを持って帰ってきました。「氷がとけると何になりますか」という問題で、クラスの他の子は全員「水」と答えてマルをもらったそうですが、うちの子だけは「春」と書いて、バツがしてあります。

でも、娘の答えはほんとうにバツなのでしょうか。とけた氷の下からツクシの坊やが不意に顔を出す、川ではもうメダカが泳いでいる—、子供にとっては新鮮な驚きに違いありません。ああ、氷がとけると春になるんだ、と気づいてくれたすばらしい感性を、私は親としてほめてやりたい気持ちでいっぱいです。

ただひとつの答えだけが正解で、他の答えは一切認めないような教育には大いに疑問を感じます。もっと一人ひとりの個性を大切にしてほしいものです。

◇

こういうのを親バカというんですね。ほんとうにバツでしょうかって? バツに決まってます。

ことばには文脈(コンテキスト)というものがある。「お名前は」と聞かれて、「あります」と答える人はおりません。

理科のテストで「氷がとけると…」と聞かれれば、「水」と答えるのが正常なのであって、そこでツクシの坊やを連想するのは、かなり「異常」なことです。

「異常」といって、そのお子さんをダメだと言っているわけじゃない。子供というものは、時にそういう勘違いをするもので、しかし、それを正してやるのが大人の役割でしょう。すばらしい感性だ、などとバカなことを言ってるうちに、そのまま大きくなってしまったらどうするんですかね。

◇

親バカはまだ許せます。許せないのは、教育界にこの「すばらしい感性」派の先生がおおぜいいらっしゃる、らしいことです。それが証拠に、ちょっとパソコンでもいじってみれば、先生がたのそんなメッセージがわんさと出てきます。

　子供をそんなに甘やかしてどうするのか！　責任者出て来い！

◇

　それにしても、このテの話、私が最初に聞いたのはずいぶん昔のように思いますが、それから繰り返し繰り返し、新聞の投書なんかでしつこくお目にかかります。

　もっとも、「水がとけると春になる」と答えた小学生が、そもそもほんとうにいたのかどうか、これは私は、かなり疑わしいことだと思っております。どうもウソくさい。もしいたとしたら、その子はワザと間違って答えたのじゃないか。いやいや、そうに違いない。そう考えるほうがずっと自然です。私の知人の息子さんにも、これは社会のテストで、藤原道長は「道を長くした人」だと答えてみごとバツをもらった猛者（もさ）がおりましたから。

◇

　ここから連歌の話に入ります。
仮に、
　氷はとけて何となるらん
なんて前句―ヘタですね、我ながら―があったとして、「水になる」と付けたら、もちろんボツです。「春になる」ほうが、付句とすればずっとよい。
　しかし、言わずもがなのことながら、「春になる」が入選するためには、「水になる」というごく当たり前の常識が世間にしっかり確立していなければならない。確立していてはじめて、「春になる」が活（い）きてくる。オリジナルとパロディーの関係と同じです。
　というわけで、連歌の花を咲かせるためには、しっかりしたことばの教育がぜひとも必要です。「すばらしい感性」派の先生がたとは、徹底的に戦わねばならぬと、これは私は本気で考えております。

◇

　それはそれ、もし、小学生がイタズラで「春になる」と答えたのだとしたら、そして、それに気づかぬ大人たちが寄ってたかって褒めたたえたのだとしたら、これはもう大笑いですね。

　ちなみに、冒頭の投書ふうの文章は、もちろん桃菴センセのイタズラです。え、気がつかれませんでした？
もう大笑いですね。失礼！

みなさんの作品

　辛口の新春講話も終わったところで、いよいよみなさんの作品です。

園児も汗を流すもちつき
父ちゃんの杵の行く先定まらず　（出雲）矢田かず江
長屋では嬶ァの尻でペッタンコ　（雲南）嘉本　昭子
アンコロは止めとけ母ちゃんまた太る　（松江）杉本　末吉
この村はよもぎに粟にきびの里　（松江）松本　一男
いつまでも平和が続きますように　（斐川）高橋　郁子
ご自慢はエプロンの絵のドラえもん　（松江）木村　敏子
今年こそ参加しようと厚化粧　（邑南）渡辺　正義
メール見て故郷をしのぶ昭和基地　（松江）村田　行彦
粉だらけ目と口だけが笑ってる　（松江）渡部　靖子
初孫にヨイショヨイショと加勢する　（美郷）源　連城
わたしとこなんでかアンコ入れないの　（浜田）滝本　洋子
先生は陰でアンコロつまんでる　（旭）加藤　純子

少子化へイベントいろいろ工夫して　（三隅）大空　晴子
裏にある休耕田が蘇り　（大田）杉原ノ道真
被災地に送りましょうと二斗五升　（出雲）石橋　律子
早いもの春はめでたく小学校　（美郷）吉川　一利
ばあちゃんが冷たい海で摘んだ海苔　（浜田）勝田　艶

FUMI

じいちゃんは腰を痛めて寝正月　（松江）花井　寛子
ミヨちゃんもほっぺにいっぱい粉つけて　（松江）松田とらを
サンタさん去って今度は七福神　（浜田）日原　野兎
ジジババも取材馴れした演技力　（宍道）岩田　Ｈ子
大人びた声で指示する女の子　（江津）星野　礼佑

ぼくたちも月のウサギといっしょだね（平田）原　陽子
もみじ葉のようなかわいい手で丸め（松江）持田　高行
ばあちゃんは今日も飽きずにまたビデオ（松江）村田　欣子
三世代そろって祝う屠蘇の膳（松江）門脇　益吉
お母さんきれいなお爪大じょうぶ？（大田）諸勝　米
災という字に別れ今年こそ（松江）森廣　典子
振り上げた杵がよろけるお父さん（松江）多胡　誠夫
このデカさギネスブックに載らないか（浜田）佐々木勇之祐
交流に顔ほころばすお年寄り（松江）黒崎　行雄
お母さんヨン様ばかり見てないで（松江）角南　卓也
ジジババは小さい椅子にかしこまり（松江）余村　正
気合ダァー足ふんばって気合ダァー（浜田）大井　一弥
先生もソプラノになる初日和（出雲）杉谷　佳子
シャッターを切るは専属カメラマン（米子）安田　友世
遊んではダメ粘土ではありません（雲南）難波紀久子
二十まで数えて次にタッチする（松江）木村　更生
ウサギさん仲間に入れてあげましょう（宍道）高木　和
がんばれよウサギが笑う負けるなよ（大田）大谷　勇
ボクんちはボタンひとつでできるんだ（浜田）安達美那子
本職が保護者の中に二人いて（松江）川津　蛙

新町のスタート祝いペッタンコ（美郷）源　瞳子
母さんのカメラへ杵を上げて待ち（出雲）佐藤まさる
お互いの顔指さして笑いこけ（平田）原　愼二
お兄ちゃんカッコいいねと声を掛け（出雲）米山ノブ子
五年前誕生祝い背負わされ（旭）加藤　尋風
バンダナや姐さん被りよく似合い（松江）福田　町子
プーさんもアンパンマンも今日はなし（川本）森口　時夫
あくる日は子が新聞を独り占め（松江）三島　仁井
作ったら責任持って食べなさい（出雲）飯国美奈子
鉢巻をキリリとしめたパパとママ（大社）山崎　愼二
お父さんデジカメちゃんと持ってきた？（松江）市川　依子
あれ以来ボクの寝言はペッタンコ（美郷）芦矢　敦子
獅子舞が大口開けてかぶりつき（温泉津）加藤　妙鳳
デジカメの列が次第に輪を縮め（益田）石田　三章
好きな子にカッコいいとこ見せなくちゃ（大社）飯塚猫の子
金の歯で頭噛むのが僕の役（宍道）岩田　正之

みなさんのコメント

「頭の体操」にと挑戦していますが、右脳の回転が遅く、時間がかかります。（松江）黒崎　行雄

「ベタ付けはよろしくないと言われても」…、つい前句にこだわってしまいます。（松江）持田　高行

みなさんのレベルは上がる一方。私はいまだに最初の入選句が一番と思っている状態ですが、今年も皆勤賞をめざします。（大社）飯塚猫の子

前句を冷蔵庫に貼り出して、連想することを聞き、ヒントにすることしばしばです。（大田）清水　すず

今日もまたボツかアハハと生ビール／一割打者のホロ苦い笑み（美郷）山内すみ子

人生顧みて、こんなに律儀に仕事するのは、連歌が初めてです。（宍道）岩田　正之

ボツの続いたある日、とつぜん小学校時代の恩師から電話。「病気ではないかと心配して」とのことでした。（松江）村田　欣子

昨日投函のハガキ、付句を何とビックリ、七七で作っておりました（主人に指摘されて初めて気づきました）。訂正します。（平田）原　陽子

家内と参加。お蔭で共通の話題ができ、また、アブナい追及をレッツ調でかわすことも再々。（松江）村田　行彦

皆さんの作品を見て、表現の違いでよい句になるのは分かりますが、自分ではなかなかうまくいきません。（松江）花井　寛子

白い歯が誰かに似てます桃菴様（雲南）嘉本　昭子

家柄の違いに泣いた遠い恋…、「ヘエー、そんなことがあったの?」「連歌はフィクションです！」いくら言っても信じてもらえない。トホホ…。（出雲）矢田かず江

歳重ね浮かぶ言葉は一辺倒（平田）原　愼二

「投句して一喜一憂もまた楽し」…、無言のご指導に応えられるようになりたいです。（浜田）勝田　艶

毎回の応募句数を発表していただけたら、それが参考になって、励みになるような気がします。（松江）福間　正生

新参者でお世話になります。楽しそうなことは大好きです。（出雲）杉谷　佳子

私の拙い句も先生のお情けで時たま掲載していただいておりますが、周りにはだれ一人それを知っている者はいません。（松江）渡部　京子

もう少しで入選できる作品の、どこが悪いのか、発

想・着眼点など教えてください。　　（松江）野津　重夫

「憂きこともレッツ連歌に助けられ」が、今の心境です。　　（松江）福田　町子

初めて送らせていただきます。今まで見るだけで楽しんでいました。　　（出雲）米山ノブ子

なんとなく引かれて興味津々。応募するのですが、歯車が合わず、入選には遠く及ばず。川柳とは方程式が違うのか。　　（松江）荒木八洲雄

日記も書けない筆不精が、レッツだけは習慣になりました。ひとえに桃菴先生のお陰です。　　（美郷）源　瞳子

スランプのまま一年が終わりました。生活時間の流れと連歌時間の流れは別。　　（松江）小田まるむ

○五年は打数を増やし、打率も上げたいです。毎回、二三の中高生特別枠を設けて、若者の感性を紹介してほしいですね。　　（松江）川津　蛙

名作に出会って、思わずアハハハ…と笑ってしまう、その瞬間がとても好きです。　　（浜田）安達美那子

紙上では、お名前だけで、お顔も年齢も分かりませんが、作品によりあれこれ想像して楽しんでおります。

多くのかたが「連歌」をレンカと言われます。大きくルビを付けたらいかがでしょうか。　　（松江）渡部　靖子

先生の付句は出ないのでしょうか。ムリですよね。ごめんなさい。　　（宍道）高木　和

時々どうしても理解できない句があります。ちょっと解釈を付けていただくとありがたいのですが…。　　（浜田）滝本　洋子

（松江）余村　正

◇

貴重なご意見をたくさんいただきました。今後に活かしていくよう最大限努力いたします。政治家の発言みたいですが、ほんとうに…。

次の前句

最後になりましたが、次の課題――、

冬型の気圧配置が続くでしょう

に七七の句を付けてください。

寒さはこれからです。お風邪など召されませぬよう。

257 ●●●

コケコッコーと鶏の鳴く

〈二〇〇五・一・二七〉

コケコッコーと鶏の鳴く　（松江）福田　町子
若水を汲んで待ってる初日の出　（松江）持田　高行
お猿からバトン受け継ぐ年初め　（温泉津）加藤　妙鳳
お母さん雑煮のスープできました　（松江）多胡　誠夫
畳の目ほどに夜明けが早くなり　（浜田）藤田　楠子
故郷は水車が回り栗が落ち　（松江）三島　仁井
お祭りで買って帰って叱られて　（大田）杉原ノ道真
三十年ビルの夜警を勤め上げ　（松江）木村　敏子
ゆるゆると手足の動く太極拳

小池泉水

一晩で読んでしまった新刊書　（川本）森口　時夫
新聞の配達員をよく覚え　（松江）尾原ヨウコ
頂いたこの目覚ましにゃなじめない　（松江）小田まるむ
酒盛りの鬼ども慌て逃げて行き　（美郷）源　瞳子
子丑寅卯辰巳午未申　（六日市）井野　蛙子
病人がやっと眠ってくれました　（雲南）難波紀久子
疎開した村をこのごろ夢に見て　（松江）村田　行彦
着メロにこだわりのある年男　（宍道）高木　酔子
粛々と向かうは雪の泉岳寺　（松江）木村　更生
驚いて舟に飛び乗る美保の神　（松江）庄司　豊
恵比寿さん時まちがえてごめんなさい　（出雲）石橋　律子
あほかいな今何時やと思てんねン　（松江）花井　寛子
弁当に今日も大きな玉子焼き　（美郷）吉川　一利
今日あたり鍋になるとはつゆ知らず　（旭）加藤　尋風
彫ったのは甚五郎だという伝え　（松江）森廣　典子
腰浮かせぐっと飲み干す残り酒　（浜田）宇田山　博
都心まで二時間かかるマイホーム　（松江）岩成　哲男

田舎屋の新婚初夜のはずかしさ　（境港）奈良井くに
二度ともうそのテ使えぬ午前様　（松江）渡部　靖子
じいちゃんが上手にマネて読み聞かせ（大田）清水　すず
犯人の目星つくまで読み続け　（宍道）岩田　正之
岩戸からそっと覗いた天照　（松江）金築佐知子

敏子さんの「太極拳」、気に入りました。「鶏の鳴く」という前句にベッタリ付いているわけではなし、かといって離れすぎているわけでもなし。早朝のすがすがしい雰囲気がよく出ています。それに、「太極拳」といえば中国―。日本人だってやる、というのはへ理屈で、やっぱりここは、中国の田舎なんでしょうね。鶏が放し飼いにされているようなのんびりした風景を、テレビなんかでよく見ます。「手足の動く」という表現も完璧です。ほんとうは「動かす」のだ、というのは、これもへ理屈で。

典子さんの「甚五郎」もおもしろい着想。東京上野は寛永寺の鐘楼の柱に、左甚五郎作の龍の彫り物があって、この龍が夜な夜な不忍池（しのばずのいけ）へ水を飲みに行った、という伝説があります。浅草の観音堂には、狩野元信の描いた絵馬があり、この馬も額から抜け出しては草を食べるというので、これに困った人々が、甚五郎に頼んで鎖を描き添えてもらった、といいます。落語のほうには「抜け雀」という名作があります。八雲の『怪談』で有名な、月照寺の亀なんかもこの類ですね。

哲男さんの「マイホーム」も、見事な転じ方。すずさんの「読み聞かせ」は、『ブレーメンの音楽隊』でしょうか。

いろいろな付け方ができるものだと感心しました。

◇

今年も第四木曜日は、連句形式で行きます。「コケコッコー」から始まって、さて十二月の末にはどんな句にたどりつくのやら、だれにも予想はつきません。そこがおもしろいところで。

まずは、今日の入選句の中からどれかを選んで、それを前句としてください。付句は七七になります。選んだ前句も明記してください。

258 ●●● 冬型の気圧配置が続くでしょう

＜二〇〇五・二・一〇＞

先日、めずらしく雪の積もった日の午後、

予報どおりに降った大雪

という前句が、島根大学法文学部の一室から、全国に向けて発信されました。学生に頼んで、可能なかぎりの知人にメールしてもらったのです。北海道から沖縄まで、小一時間のうちに、五百人以上のかたから返信がありました。

連歌を詠むのは、みなさん初めてだったと思います。前句にある「雪」という言葉をそのまま使ってしまう、というのも致しかたないことですが、

ヨン様と一緒に作る雪だるま　（親戚のおばちゃん）

には大笑い。

もう一泊していきないとおばあちゃん　（友人Y）

これ以上休むと単位もらえない　（友人M・K）

なんかは素人ばなれしています。中には、

私にはこがいなことは出来んがね　（母）

なんて裏ワザもあって、学生たちもノリノリでした。

私も果報者です。

◇

レッツのほうも今回は、新人さんが十人ばかり一挙に入選！　特に優遇したわけではありません。初挑戦で惜しくもボツというかたも、もちろんたくさんいらっしゃいます。ちなみに、今回の応募作品は、全部で三百六十六句。入選率は、およそ一割。…そういうものです。ですから、とにかく続けてください。

冬型の気圧配置が続くでしょう

細くて長い日本列島　（松江）花井　寛子

雪は見たいが積もるのはイヤ　（出雲）曽田　保子

ハンドクリームたっぷりと塗り　（大社）川上　梨花

火鉢の炭をつつく静けさ　（温泉津）山形　俊樹

今朝から妙に疼く古傷　（松江）三島　仁井

ハズレ馬券がポケットから出て　（松江）松田とらを

計算どおりゆかぬ人生　（川本）森口　時夫

昨日すき焼き今日は湯豆腐　（斐川）保科みどり
今日もにぎわう雪のゲレンデ　（松江）庄司　豊
穴あきブーツ眺め溜め息　（美郷）吉川　一利
合併率も西高東低　（松江）若林　明子
そら見たことかカンジキ復活　（美郷）源　連城
焼芋屋さん顔もホクホク　（大社）萩　哲夫
下戸の父ちゃん今日も甘酒　（芸北）堀田　敏代
ひときわ映える赤い南天　（六日市）河野　礼子
南天の実は鳥に取られて　（松江）余村　正
帰ってきましたひげのカモちゃん　（松江）福田　町子
編みかけセーターまだ半分どこ　（松江）川津　蛙
どのチャンネルも同じこと言う　（安来）根来　正幸
雪はヤだけど休みは嬉しい　（松江）持田　高行
血圧計がフルに活躍　（美郷）芦矢　貴聡
いつまでなのか教えてください　（浜田）佐々木勇之祐
ソリ買ったけぇ遊びに来んさい　（松江）久本　明美
思いを馳せる被災地の雪　（温泉津）加藤　妙鳳
炬燵の中でそっと握る手

ヨン様マフラー貸してください　（雲南）糸原恵美子
ゆっくり水着選ぶ楽しさ　（出雲）杉谷　佳子
鍋せがまれて買う黒田芹　（旭）加藤　純子
体重計がこわれたかしら　（出雲）柳楽多恵子
大根人参とってこなくちゃ　（玉湯）永江　陽子
焚き火囲んでベニイカを待つ　（大社）山崎　慎二
腕まくりする木次保線区　（大田）杉原ノ道真
炬燵を囲む堀川遊覧　（松江）岩成　哲男
内緒のメール妻に見られて　（平田）原　陽子
シンビジウムに居場所奪われ　（宍道）岩田　正之
今年始めた津軽三味線　（松江）多胡　誠夫
足湯に並ぶお馴染みの顔　（松江）木村　更生

次の前句は、
桜伐る（き）バカ梅伐らぬバカ
木の剪定法をいう諺（ことわざ）ですが、「桜」や「梅」には、あまりこだわらないほうがいいかもしれません。付句は五七五です。

259 ●●● お母さん雑煮のスープできました

〈二〇〇五・二・二四〉

二十六日発売予定の「文藝春秋」臨時増刊号（言葉の力）に、レッツのこと、書かせていただきました。これを機に、連歌の輪がますます広がっていけば、と念じております。山陰以外のお知り合いのかたにもご宣伝ねがえれば幸いです。

　お母さん雑煮のスープできました
匙よか箸が良（え）こたねかねぇ　（松江）松田とらを
　頂いたこの目覚ましにゃなじめない
ドロボーだとはちょっと度が過ぎ　（大田）杉原ノ道真
　あほかいな今何時やと思てんねン
振り込め詐欺をみごと撃退　（松江）土井　勉
　田舎屋の新婚初夜のはずかしさ
お互いさっき会ったばっかり　（松江）木村　更生

　一晩で読んでしまった新刊書
もうお小遣いなくなっちゃった　（浜田）藤田　楠子
連休二日まだ残ってる　（斐川）保科みどり
大殺界をいかに生きよう　（出雲）矢田かず江
蹴りたい背中わたしにもある　（斐川）高橋　郁子
　弁当に今日も大きな玉子焼き
毎週水曜十個十円　（東出雲）水野貴美子
　故郷は水車が回り栗が落ち
コンビニもできファミレスも建ち　（宍道）岩田　H子
飾る錦のなきぞ悲しき　（松江）庄司　豊
　病人がやっと眠ってくれました
久方ぶりの名画劇場　（浜田）勝田　艶

お祭りで買って帰って叱られて
明日の朝には萎む風船　（松江）多胡　誠夫
隠したメンコがなんと十万　（松江）花井　寛子
今日あたり鍋になるとはつゆ知らず
お芋畑のワナ踏んじゃった　（浜田）日原　春子
酒盛りの鬼ども慌て逃げて行き
一升マスの中は炒り豆　（浜田）大井　一弥
過疎の村にも開発の波　（松江）岩成　哲男
恵方を向いてかぶる太巻き　（雲南）菅野　義政
犯人の目星つくまで読み続け
ハタキ何度もかけられたけど　（平田）原　陽子
窓の外ではしんしんと雪　（益田）小浜　達夫
都心まで二時間かかるマイホーム
ずいぶん連歌うまくなったね　（大社）飯塚猫の子

三十年ビルの夜警を勤め上げ
病気知らずは父母の恩　（宍道）岩田　正之
妻の鼾に悩むこのごろ　（川本）藤井　幹雄
あんなお化けは見たこともない　（松江）安東　和実
疎開した村をこのごろ夢に見て
校門脇の金次郎像　（松江）黒崎　行雄
子丑寅卯辰巳午未申
二歳ですのにもう言えますの　（仁多）松田多美子
ホラあと三つ頑張れ頑張れ　（出雲）勝部ひろ子
腰浮かせぐっと飲み干す残り酒
大人のドリル早くやらねば　（仁多）内田　満子
暖簾しまってママは引きとめ　（松江）三島　仁井

「都心まで…」の付句だけで二十二句いただいておりました。そのうち、レッツのことを詠んだのが五句。すばらしいアイデアです。身びいきでいうわけじゃない。発想の転換がみごとなのです。

で、アイデアの次は、いつもいうとおり、表現ですね。入選句に一歩及ばなかった四作品、失礼ながら、参考までにあげさせていただきます。

　列車の中で付句考え
レッツ詠んでりゃあっという間さ
レッツひねればもう着いちゃった
おかげで連歌うまくなったね

最後の句は入選句とほとんど同じですが、「おかげで」が余計でした。

◇

次は、今日の入選句を前句に選んで、それに五七五を付けてください。

◇

それから、三月の「スペシャル」の前句は、

　一日で回りきれない博覧会

こちらの付句は七七になります。楽しい作品、お待ちしてます。

260 ●●● 桜伐るバカ梅伐らぬバカ

〈二〇〇五・三・一〇〉

このほど第六回酒折（さかおり）連歌賞の入選発表があって、今回は島根県美郷町の芦矢敦子さんの作品が奨励賞に選ばれました。方言の持ち味をうまく生かした句作りが評価されたものと思われます。

　ふるさとの　味にたちまち　昔に帰る
まめなかな　そんでおめえさ　どげしとるかな

読みやすさを考えて、分かち書きにさせていただきました。これでよくお分かりのように、酒折連歌は、問いの片歌（五七七の句）に答えの片歌を付けるという独特の形をしておりますが、それは日本武尊（やまとたけるのみこと）の故事にのっとってのことです。

この連歌賞には、今回の敦子さんも含めて、レッツ勢から四人のかたが入選なさっています。別に私の手柄じゃないのですが、やっぱりうれしいものです。み

なさん、後に続いてください。

桜伐るバカ梅伐らぬバカ　（美郷）吉川　一利
先生は一人一人のクセを知り　（松江）村田　欣子
念願の庭付きの家建てました　（安来）根来　正幸
庭もない奴がツベコベ言うじゃない　（松江）森廣　典子
全体のバランスを見る大道具　（松江）松本　恭光
ヘボ将棋王より飛車をかわいがり　（益田）石田　三章
間違えてソースをかけた冷奴　（境港）奈良井くに
優等賞だめでも僕は皆勤賞　（松江）木村　敏子
根っこから抜いてしまえと改革派　（旭）加藤　尋風
でもいいか猪鹿蝶ができたから　（松江）杉本　末吉
昼寝して夜は眠れぬ日が続き　（松江）花井　寛子
もうちょっと早く教えてほしかった　（美郷）山内すみ子
締切り日過ぎて傑作うかびくる　（大田）杉原サミヨ
人の世にあってはならぬ医療ミス　（松江）川津　蛙
清原をベンチにおいてペタ三振　（江津）星野　礼佑
子供の芽しらずしらずに親がつみ　（松江）余村　正
爺ちゃんは緑を守るお医者さん　（松江）福田　町子
酒やめて煙草スパスパ喫っている　（松江）村田　行彦
常識に風穴開けてライブドア　（宍道）高木　酔子
爺ちゃんのつぶやき猫が聞いている　（浜田）宇田山　博
爺さんは人にやらせてグチばかり　（美郷）福田　時子
あれこれといじくり回しボツになり　（松江）野津　重夫
こげなこと今の若けもん分らんで　（松江）多胡　誠夫
三年でゆとり教育揺れ始め　（温泉津）加藤　妙鳳
うちの子にかぎってそんなことはない　（大田）杉原ノ道真
税金を上げて年金けずり取り　（松江）岩成　哲男
改革を骨抜きにする族議員　（出雲）原　陽子
よく手入れされて客待つ城の春

ふつう諺というものは、文字どおりの意味に解釈されることはありません。たとえば「猿も木から落ちる」といって、お猿のことを話題にしているわけではない。たいがいは人間のことでしょう。ところが、今日の前句は、これが諺といえるかどうか実は多少問題がありますが、まさに桜や梅の剪定のことをいっているのであって、比喩的な意味が含まれているわけではありません。

しかし、みなさん、うまく料理していただきました。

政治の話題から教育や医療ミス、はては、将棋の話、野球の話、バクチの話…。よくこれだけ出てくるものと驚かされます。
もっとも、木の剪定は剪定として、正さんや酔子さんや博さんのように、お爺さんに焦点を移したのもおもしろい。陽子さんの句もきれいで気に入っております。

次は、

蛇も穴から顔を出す春　◇

に、五七五の句を付けてください。
ついでに言っときますが、私は大の蛇嫌いです。

261 ●●● ハタキ何度もかけられたけど

〈二〇〇五・三・二四〉

ハタキ何度もかけられたけど
ときめいて雛人形もお嫁入り　（宍道）岩田　H子

お局と呼ばれ会社の生き字引　（雲南）難波紀久子

ホラあと三つ頑張れ頑張れ
帰ってはすぐに出て行く受験生　（松江）黒崎　行雄

飾る錦のなきぞ悲しき
欠席のほうに○する同窓会　（出雲）矢田かず江

あんなお化けは見たこともない
夜が明けてからが頼政こわくなり　（松江）木村　更生

コンビニもできファミレスも建ち
慣れてみりゃ単身赴任もオツなもの　（美郷）遠藤　耕次
この村でたった一カ所海が見え　（浜田）日原　春子

校門脇の金次郎像
ボクたちもメールしながら歩いてる　（益田）石田　三章
入念に監視カメラの位置定め　（宍道）岩田　正之

一升マスの中は炒り豆
国産と遺伝子組換えせめぎ合い　（松江）渡部　靖子

病気知らずは父母の恩
また今年町内会長やらされて　（松江）岡田　栄
算数も国語もみんな3だけど　（浜田）藤田　楠子

明日の朝には萎む風船
酒の席夢は大きくふくらんで　（松江）庄司　豊

暖簾しまってママは引きとめ
ふるさとの訛りにふっと涙ぐみ　（松江）木村　敏子
模様替えするからちょっと手伝って　（松江）川津　蛙

蹴りたい背中わたしにもある
達磨さん面壁九年まっとうし　（美郷）山内すみ子
今夜から仰向けに寝ることにしよ　（大田）杉原ノ道真

妻の鼾に悩むこのごろ
検診で医者に晩酌とめられて　（松江）多胡　誠夫

お互いさっき会ったばっかり
肩組んで六甲おろしガナりたて　（松江）岩成　哲男
さよならと挙げたその手でメール打ち　（温泉津）加藤　妙鳳

窓の外ではしんしんと雪
車掌さんいつになったら動くんだ　（安来）根来　正幸
母娘おどれそどれの大喧嘩　（大田）友村　直美
銀婚の祝いの後の夫婦風呂　（美郷）吉川　一利
グラビアは南房総花の旅　（旭）加藤　純子

三章さんの「ボクたちもメールしながら」――、実は私も同じようなことを考えたことがありました。今の若者の姿は、ほんとに金次郎像そっくりですね。私に絵心があれば、髷（まげ）を結って筒袖を着たあの金次郎に、リュックを背負わせケータイを持たせた、そんな漫画を描いて、どこかのコンクールで優勝したいところですが…、やっぱりこの世界もアイデアだけではダメですね。

直美さんの「おどれそどれ」は、石見弁で、口汚く相手をののしるさま。「おどれ」は共通語の「おのれ」

にあたるのでしょうか。「そどれ」は強調のために付け足した言葉でしょうね。「おどれのすどれの」という言い方が対馬や阿波にもある、と辞書には出ています。

◇

今回の応募数は三百二十二句。お正月から少し経つと、残念ながらいつも少し減る傾向にあります。でも、こういう時こそチャンス、かもしれない。特に今年始められたみなさん、あきらめないで続けてください。

◇

次は、今日の入選句を前句に選んで、それに七七の付句です。選んだ前句も明記してください。

スペシャル（村瀬森露）●●●

一日で回りきれない博覧会

初め念入り終わり素通り　（美郷）田辺　伝
はじめて行った親戚の家　（浜田）岡本美代子
手分けして見る御一行様　（松江）門脇　益吉
三人寄れば姦しいこと　（浜田）安達美那子
今度は見るぞ月のカケラを　（益田）石田　三章
森の大鷹ゆうゆうと舞い　（松江）森廣　典子
セントレアだけ見て帰ろうか　（出雲）高橋　郁子
コンパニオンに聞く海老フリャアの店　（松江）高木　酔子
リニモ・ゴンドラ・トラム乗り継ぎ　（松江）余村　正

一日で回りきれない博覧会

〈二〇〇五・三・三一〉

空は青くて広く高くて　（美郷）遠藤　耕次
並ぶ背中で寝息たててる　（益田）小浜　達夫
人の山見てマンモスは見ず　（松江）花井　寛子

小池泉水

カメラフイルムこれで五本目　（松江）木村　更生
コンパニオンにパパは見とれて　（大田）杉原ノ道真
やっとさわれた金のシャチホコ　（松江）木村　敏子
明日もあれば明後日もある　（美郷）源　瞳子
終夜営業期待してます　（浜田）日原　野兎
ウィークリーのマンションが混み　（松江）岩田　正之
疲れぬうちにまずはお土産　（松江）村田　欣子
ゴミ収集のアルバイト先　（出雲）矢田かず江
パパが一人で下見するから　（松江）川津　光
友達どうしビデオ交換　（雲南）難波紀久子
楽しかったがくたびれもして　（美郷）吉川　一利

下見をするパパは、家族思いのやさしいパパなのでしょうか、口実をうまく作って自分だけいい思いをするパパなのでしょうか。私だったら後者だろうなと思いますが、世界一周の下見に行くからと反撃されないようにしないといけませんね。

手分けする御一行というのも、そんなことしてどうするのかと思いつつ面白いですね。展覧会の絵などもそうですが、あるものは全部見ないといけないと思ってしまうところがあります。最後はほぼ素通りのこともありますが、律儀に見るだけは見てしまいます。

私は、大阪万博を少年時代に経験しました。同世代のタレントで、あんなに面白いイベントはなかったと話している人を何人か見たことがあり、自分と似たとらえ方をしているのだなあと思いました。親からは、よく並んだなあと言われることが多かったですが。

世の中のことが少し見えてきて、しかし、まだそれほど批判的には見ない少年時代は、博覧会を素直に楽しめる時期なのかなと思います。

愛知万博はどんな博覧会になるのでしょう。時代も変わり、万博のあり方も違ってきたようですが、年齢と博覧会のとらえ方との関係を自ら検証しに行きたいと思っています。

262

蛇も穴から顔を出す春

〈二〇〇五・四・一四〉

朝日新聞島根版で募集なさっていた「菓子名織込川柳」に、レッツの仲間がみごと入選！　しかも、このかた、昨年秋の「温泉ホテル旅館名」に続いての快挙。おめでとうございます。

「織込」というのは与えられた課題を活(い)かして作品を詠むわけで、だから、基本は連歌と同じですね。レッツの愛好者なら、だれにでもチャンスはあるはず。もっともっといろんな業界がこういう企画をしてくれると嬉(うれ)しいのですが…。

蛇も穴から顔を出す春

ランドセルまたしょってみる入学児　（益田）田中　吟女

筍を毎年くれる友がいて　（斐川）井上　正

筍はおっぽり出して一目散　（松江）村田　欣子

時効まで三日が待てず逮捕され　（出雲）原　愼二

センバツの選手宣誓さわやかに　（益田）竹内　良子

残り物あの手この手で売りつくし　（美郷）源　連城

棒切れにハッと驚く散歩道　（鳥取）有沢　説子

なれそめはキャッと叫んでしがみつき　（松江）花井　寛子

見たいものだけ見ていたい世の中に　（松江）小田まるむ

カエルさん卵いっぱい産んだかな　（美郷）源　瞳子

美人にはマスクも似合う花粉症　（松江）木村　敏子

杉の木にマスクかけたい花粉症　（安来）景山　恒夫

アラごめん花に見とれて踏んじゃった　（美郷）吉川　一利

死亡事故多発警報発令中　（北広島）堀田　卓爾
休肝日あすへズラせる木の芽和え　（浜田）大井　一弥
一年生防犯ベルも持たされて　（松江）高木　酔子
爺ちゃんがマツケンサンバ踊ってる　（浜田）宇田山　博
古池に音もたてずに滑り込み　（益田）石田　三章
薄着して親父にバレたへそピアス　（益田）黒田ひかり
三浪もやっと芽が出て大学生　（松江）土井　勉
竹薮をつっついて行くハイキング　（松江）持田　高行
虫めづる姫君待ちに待ちこがれ　（松江）森廣　典子
なんじゃコリャいつの間にやら家が建ち　（出雲）柳楽多恵子
カミさんが同窓会に行くという　（松江）川津　光
ナメクジが居ぬかこわごわ見まわして　（大田）大谷　勇
かあさんにうなずいている蛙の子　（雲南）板垣スエ子
学ランをスーツに替えて初出社　（浜田）佐々木勇之祐
ガキ大将いまも元気でいるだろか　（松江）松田とらを
花見バス連なって来る大手前　（松江）余村　正

カエルが出てくるのは十分予想していましたが、しかし、ナメクジまでとは思いも寄りませんでした。そういえば、ナメクジは蛇の天敵ということになっている。それがほんとうかどうかは知りませんが、あの恐い蛇がナメクジごときにビクビクしているという、ぜんぜんほんとうらしくない状況がおもしろいですね。このアイデアを思い付かれたときの、勇さんのニヤッとしたお顔が目に浮かびます。

ところで、こういう前句に付ける場合、「蛇」にはあえてこだわらず、「春」だけから連想を飛ばすという、いわば裏ワザもあります。新入生、花粉症、センバツなどを詠んだ句がそうですね。

ただし、ひかりさんの「へそピアス」は、「蛇」と「春」と両方効かせた放れワザでした。

こういう裏ワザや放れワザ、時には意識的に試みるようにしてください。

◇

次は、

持たされているケータイもあり

に、楽しい五七五をどうぞ。

263 ●●● ボクたちもメールしながら歩いてる

〈二〇〇五・四・二八〉

ボクたちもメールしながら歩いてる
猫背になると母に叱られ　（鳥取）有沢　説子

模様替えするからちょっと手伝って
元の役場に増えた空き部屋　（松江）岩田　正之

お局と呼ばれ会社の生き字引
ツケのきく店四五軒はある　（松江）花井　寛子

算数も国語もみんな3だけど
もらったチョコはボクが一番　（松江）木村　敏子

さよならと挙げたその手でメール打ち
次の彼氏と駅前で五時　（浜田）植田　延裕

この村でたった一ケ所海が見え
みかんの花が咲いている丘　（出雲）石橋　律子

一人息子の復員を待つ
ホームシックに泣く遣唐使　（松江）木村　更生
　　　　　　　　　　　　　（松江）門脇　益吉

肩組んで六甲おろしガナりたて
取引先が新しくでき　（松江）川津　蛙

また今年町内会長やらされて
歯止めかからぬドーナツ現象　（松江）多胡　誠夫

一つ残った名刺の肩書　（松江）村田　欣子

欠席のほうに○する同窓会
鏡の前でフーッとため息　（江津）岡本美津子

フラれた恋がまた痛み出し　（松江）洞　妙子

仕切る幹事が元恋敵　（松江）渡部　靖子

子育て終えて親を看る日々　（雲南）難波紀久子

車掌さんいつになったら動くんだ　（松江）高木　酔子
べこっ仔どかすで手伝ってけろ　（浜田）宇田山　博
いま木炭を入れたばかりじゃ　（松江）尾原ヨウコ
買わなきゃよかったイカの冷凍

今夜から仰向けに寝ることにしよ　（安来）細田　絹江
やっと入れた仮設住宅

慣れてみりゃ単身赴任もオツなもの　（出雲）矢田かず江
下宿の後家さんオレのタイプで　（松江）川津　光
カミさんその間に凧の糸切れ

酒の席夢は大きくふくらんで　（美郷）源　連城
元を正せばうちの先祖は

ふるさとの訛りにふっと涙ぐみ　（松江）福田　町子
高級茶器を買わされている　（出雲）佐藤まさる
こよなく晴れたブラジルの空　（松江）森廣　典子
停車場だけは様変わりして

母娘おどれそどれの大喧嘩　（松江）矢田　真弓
さくら餅でもいかがでしょうか

ヨウコさんの「イカの冷凍」はケッサク。電車かバスか、いつまでも動かない、そのこと自体に腹を立てているわけでもないのですね。それはいいけど、せっかく買ったイカの冷凍が、ジワジワジワジワ柔らかくなってくる。そろそろ匂（にお）いもしてくるし、気が気じゃない――。

「車掌さん」の句には、たまたま桃菴センセ好みの作品が集まりました。

「検診で医者に晩酌止められて」には三十六句もの作品をお寄せいただきましたが、残念ながら入選作はなし。中に「酒」「徳利」「赤提灯」などを詠み込んだ句がありましたが、このような前句にあるのと同じ、またはそれに近い言葉を使うのはよくありません。失礼な言い方になりますが、パッと見ただけでボツ――、なんです。初心者のかたは特にご注意ください。

「勢いづいた妻の説教」「裏工作は妻のお手並み」などはすばらしい付け方なのですが、打越（うちこし）（前句の前句）

が「妻の鼾に悩むこのごろ」ですから、これもご遠慮願いました。ベテランのかたは、このあたりにもご注意を。

◇

今度は、きょうの入選句を前句にして、五七五の句を付けてください。選んだ前句も明記して、いただかないと、選のしようがありません。よろしく。

264 ●●● 持たされているケータイもあり

〈二〇〇五・五・一二〉

矢崎藍さん（中日新聞のコラム「付けてみませんか」の選者）から、『とよたキャンパス連句まつり2004作品集』という冊子を贈っていただきました。「連句まつり」は、豊田市の桜花学園大学で昨年開かれたのですが、その一環として行われた「学校付け句コンクール」に入選した高校生の作品の中に、なかなかおもしろい句がありました。

　　君が好きだと気づく瞬間
　髪の毛にセミの抜け殻つけられて

―いかがですか。

山陰発の「連歌甲子園」も間もなく開幕。若い人をもっともっとこの世界に引き込まねばと、藍さんとはつねづね話しております。

持たされているケータイもあり

集団で登下校する小学生　（松江）黒田　雅史
アンテナで子猫こちょこちょくすぐって　（美郷）源　瞳子
ハナキンは会議モードで縄暖簾　（浜田）佐々木勇之祐
言い訳はなんとでもなる楽しもう　（浜田）岡本美代子
怠けてはいません客と面談中　（雲南）難波紀久子
ネギ一把肉一〇〇グラム玉子L　（松江）安東　和実
ちょっとした小指のことを根に持たれ　（松江）門脇　益吉
動かずに待っていなさいおじいちゃん　（美郷）吉川　一利
隠岐の島望む岩場の太公望　（松江）余村　正

じわじわと追い詰められる午前様　（出雲）曽田　康治
牛舎から生まれましたと午前二時　（雲南）板垣スエ子
補聴器も忘れないでと念を押し　（松江）木村　敏子
ばあちゃんの付句相手に選ばれて　（温泉津）加藤　妙鳳
とんぼ釣りどこまで行っても呼び出され　（松江）森廣　典子
信徒らは白い煙を待ちわびて　（松江）岩田　H子
ガイドさんどげすうだかや頼んがね　（出雲）福島　睦
ジジとババ探偵ごっこおっ始め　（浜田）重木　梢
部活ならもう済んでると思うけど　（斐川）高橋　郁子
カアちゃんのこれが愛だと信じとこ　（安来）根来　正幸
仕事用女房用ともう一つ　（東出雲）水野貴美子
着メロはまいごのまいごのこねこちゃん　（松江）渡部　靖子
繋がれたポチと思わず目が合って　（松江）多胡　誠夫
ブランコの上で揺れてるキティちゃん　（出雲）石橋　律子
はじめてのおつかいという大冒険　（松江）若林　明子
満天の星を見上げる塾帰り　（松江）岩田　正之

梢さんの「探偵ごっこ」はケッサクですね。おたがいに相手のケータイを密かにチェックして、浮気をしていないかどうか監視しているのでしょうか。それがジジとババだから笑えます。お年寄りをバカにするつもりは毛頭ありませんが、こういうのって、はたから見ていると、やっぱりおかしい。

誠夫さんの「ポチと眼が合って」は、中年サラリーマンといったところでしょうか。哀愁が漂っています。もっとも、島根大学の学生に作らせた句には、

新婚がこうつらいとはつゆ知らず　鉈橋　慶之

という名作もありました。

◇

で、次の前句は、私も、ちょっと悩ましく――、

なぜに気づいてくれぬあの人

色っぽい五七五が期待できそうです。もっとも、これが恋の句と決まったわけじゃない。ズッコケルような付句も、もちろん大歓迎です。

265 ●●● みかんの花が咲いている丘 〈二〇〇五・五・二六〉

みかんの花が咲いている丘
見渡して全部買おうと紀伊国屋　（松江）森廣　典子

子育て終えて親を看る日々
その後は孫のお守りが待っている　（浜田）藤田　楠子

高級茶器を買わされている
家元のお供で行った展示会　（松江）多胡　誠夫

取引先が新しくでき
このたびは姿を見せぬホリエモン　（松江）金築佐知子

下宿の後家さんオレのタイプで
今年また留年決めた無精ひげ　（松江）庄司　豊

わが家ではやったことない草むしり　（出雲）矢田かず江

ヨン様の追っかけだとはつゆ知らず　（益田）石田　三章

猫背になると母に叱られ
その昔竹の物差あったっけ　（松江）渡部　靖子

元を正せばうちの先祖は
土蔵から出た裃は虫が食い　（雲南）藤原　政子

いま木炭を入れたばかりじゃ
もう少し待てばきれいな水になる　（大田）大谷　勇

鏡の前でフーッとため息
どうブローしてもボリューム出ない髪　（鳥取）有沢　説子

あしたから次々抜いて総入れ歯　（松江）村田　欣子

カメムシが忍び込んでたシャツの袖　（松江）矢田　真弓

世界一白雪姫がきれいです　（美郷）源　瞳子

歯ぎしりをしながら仕込む毒りんご　（松江）木村　更生

思い知るDNAの恐ろしさ　（松江）金田　良平

停車場だけは様変わりして
ハチ公は主人の帰り待っている　（浜田）勝田　艶

歯止めかからぬドーナツ現象
統合を余儀なくされた小学校　（松江）門脇　益吉

買わなきゃよかったイカの冷凍
釣り仲間一杯やろうと持ってくる　（松江）野津　重夫

歯を抜いて憂鬱そうなお父さん
夫婦して乗ったもんたの口車　（出雲）佐藤まさる
　（松江）余村　正

もらったチョコはボクが一番
小遣いの前借り頼む十四日　（松江）持田　高行

カタコトの英語で稼ぐ靴磨き　（浜田）宇田山　博
義理堅い女友達多くいて　（米子）宮本　享司

靖子さんの「竹の物差」―、鯨尺で二尺のものが私の家にもありました。それが、つい最近、物置の隅から出てきて驚いたのですが、いえ、驚いたというのは、こんなに短かったかと思って…。子供のころ見ていたからでしょうか。ということは、昭和三十年ころにはもう姿を消していた、ということになります。この物差を私も、姿勢が悪いといっては、首筋から背中につっ込まれたものです。関西では、単に「さし」と言っていました。

博さんの「靴磨き」は、戦後間もないころ、多くは親を亡くした少年たちが進駐軍相手にやっていたものです。「ガード下の靴磨き」という歌もありました。チョコレートなんてもちろん、ふつう口にできない時代でした。

実は、いつも悩んでいるのですが、付句というのは、あまり説明しすぎるとおもしろさが半減して、作者に申し訳ない。といって、説明しないと分かりづらい作品もある。今回は、若いかたがご存じないようなことに限って、ちょっと申し添えてみました。

◇

次はまた、今日の入選句を前句に選んで、楽しい七七を付けてください。

◇

それから、六月のスペシャルの前句は―、

一杯のコーヒーだけで話し込み

こちらの付句も七七です。

㉖⑥●●● なぜに気づいてくれぬあの人

△二〇〇五・六・九▽

いきなりクイズです。入選作を見る前に考えてください。

「なぜに気づいてくれぬ」という前句から、たとえば「かくれんぼ」を思いついたとしましょう。まだ見つかっていないのにみんな帰ってしまった、というような情景―。これはかなりいいアイデアですね。で、それをどう表現するかですが、ひとつ皆さん、挑戦してみてください。我慢して我慢して、入選作は見ないで、自分で納得のいくまで練り上げて―。

…よろしいでしょうか。

なぜに気づいてくれぬあの人

連休に一人で行った愛知博　（雲南）板垣スエ子

できちゃったどう切り出せばよいものか　（浜田）岡本美代子

ムキになってドッジボールの狙い撃ち　（鳥取）有沢　説子

御曹司きずな信じて馳せ参じ　（雲南）川本　盛夫

碁敵は憎さもにくしなつかしさ　（松江）安東　和実

後続車引き連れ時速二十キロ　（松江）木村　更生

ごめんなさい素直にハイと言えなくて（松江）高橋　光世
立っているだけじゃ開かないドアもある（松江）若林　明子
女性にはまったく興味ありません（江津）星野　礼佑
今もまだ昔の名前で出ています（美郷）遠藤　耕二
ショートヘア好きと言ったじゃないですか（出雲）矢田かず江
小さいが輝いているこのダイヤ（益田）山本　貞人
立て替えるだけと私は言ったはず（美郷）源　瞳子
貸してから十日にもなる五百円（松江）岩田　正之
チョコレート貢ぎつづけて二十年（浜田）勝田　艶
柏崎めざし漕ぎ出す盥舟（たらいぶね）（出雲）佐藤まさる
ハンカチを落としてみたの母さんは（松江）高木　酔子
ハンカチを落とす手口はもう古い（北広島）堀田　卓爾
チャーシューはいつも一枚多く入れ（松江）福田　町子
下駄箱にゴメンナサイのメッセージ（浜田）藤田　楠子
日本語がうまく話せぬ留学生（松江）野津　重夫
オレオレと言えば女房電話切り（浜田）佐々木勇之祐
かくれんぼ隠れたまんま日が暮れて（出雲）原　陽子
踏切のこちらの声はかき消され（松江）矢田　真弓
夏痩せをしたと悲しい嘘もつき（江津）岡本美津子
今度こそ間違いのない赤い糸（松江）三島　仁井

ヨン様にしてみりゃただのおばタリアン（松江）木村　充宏

「昔の名前で出ています」という歌が大ヒットしたのは昭和五十二年―。そのころすでに「昔の名前で」出ていた人が、今もまだ出ているとしたら、悪いけど、あまり気持ちがよくはない。「気づいてくれぬ」のは、あたりまえでしょう。

まさるさんの「盥舟」は、寿々木米若（すずきよねわか）の名曲「佐渡情話」に取材。柏崎は、佐渡の対岸、現新潟県柏崎市。

さて、陽子さんの「隠れたまんま日が暮れて」―、いかがですか。言葉に無駄がなく、リズムもとてもいいですね。それに較べて、あなたのお作りになった句は…、妙に理屈っぽかったりしませんか。いつも申し上げている、アイデアだけでは勝負にならない、ということです。

◇

で、次の前句は、

アイデアだけでは勝負にならない

…ナンジャ、コリャ？

付句は五七五です。

267 ●●●

その昔竹の物差あったっけ

〈二〇〇五・六・二三〉

その昔竹の物差あったっけ　（松江）村田　行彦
にわかに響く剣戟の音　（松江）高木　酔子
ゴム紐買った恐い思い出
　統合を余儀なくされた小学校　（旭）加藤　尋風
掘るか残すかタイムカプセル　（安来）原田玖美子
スープのさめる家族ばかりで　（大田）杉原ノ道真
ゲートボールのコートまた増え
校長の椅子またも遠のき　（出雲）矢田かず江
　わが家ではやったことない草むしり
どこへ捨てたの青ジソの苗　（松江）田川　君江
意地でも会社やめてたまるか　（大田）清水　すず
球児の夢を陰で支えて　（松江）安田　友世

第4回連歌甲子園の作品募集が始まっております。課題は、
「御先祖が残してくれた埋蔵金」に七七の付句
「いまさらウソと言うに言われず」に五七五の付句
の二つ。ご家族やお知り合いの高校生に、ぜひお勧めください。
締め切りは九月二十日。

◇

一般の皆さまには、第7回酒折連歌賞のご案内をしておきましょう。
　砂時計こぼれるようにふりつもる今
　春よ来い早く来いとてどこからか歌
　本当はあきらめきれぬ夢がまだある
　繰り返す大波小波船べりの音
のいずれかの句に五七七で応える、というもの。ちょっと変わった形式ですが、基本はレッツと同じです。
締め切りは九月三十日。

思い知るＤＮＡの恐ろしさ
孫のツムジも逆に巻いてる　（松江）渡部　靖子
彼氏会わせりゃ母一目ぼれ　（松江）藤田　望美

ヨン様の追っかけだとはつゆ知らず
テレビの前にタマも釘付け　（松江）黒田　幸恵

夫婦して乗ったもんたの口車
實篤の絵を裏向けにする　（益田）石田　三章

今年また留年決めた無精ひげ
屋台村では一の稼ぎ手　（松江）花井　寛子

あしたから次々抜いて総入れ歯
犬も長寿になったお陰で　（松江）門脇　益吉
恐れ入ったる役者根性　（雲南）難波紀久子

家元のお供で行った展示会
うなずきながら付かず離れず　（松江）加藤　京子
カミさんの顔チラと浮かんで　（出雲）福島　睦

どうブローしてもボリューム出ない髪
大事な大事なリカちゃん人形　（浜田）安達美那子

もう少し待てばきれいな水になる
両手かざしてMr.マリック　（松江）金築佐知子
漁師も植える上流の木々　（美郷）源　瞳子

すずさんの「会社」は、やっぱりJR西日本でしょうか。行き過ぎた「日勤教育」が悲惨な事故につながったのでは、と問題になっております。扱いにくい話題ですが、諷刺(ふうし)の効いたいい作品になりました。「ヨン様」に付けた幸恵さんの「タマ」、「総入れ歯」に付けた益吉さんの「犬」は、発想のパターンが見事に一致。美那子さんの「リカちゃん人形」もそうですね。これはひとつのテクニックとして、皆さん、よく覚えておいてください。

◇

次は、今日の入選句を前句に選んで、五七五の付句です

スペシャル（村瀬森露）●●●

一杯のコーヒーだけで話し込み
趣味は付句とひげのマスター　（松江）高木　酔子
今は昔の私鉄沿線　（松江）森廣　典子
ビヤガーデンはまだ準備中　（浜田）大井　一弥
そろそろ鮨が出てもいいころ　（松江）黒崎　行雄
ボブディラン聞く店の片隅　（出雲）石橋　律子
覚えてますか進々堂を　（奥出雲）松田多美子
別れる別れん別れん別れる　（浜田）安達美那子
ランチタイムの列と知りつつ　（松江）川津　光
人妻だとはつゆ知らずして　（松江）金築佐知子
そのアリバイを妻は疑い　（松江）村田　行彦
帰った人の噂始まり　（浜田）重木　梢
喪服のままで恩師偲んで　（松江）木村　敏子
たまごが先かにわとりが先か　（益田）竹内　良子
別れ言葉が見つからぬまま　（安来）根来　正幸
ここら辺りで逢うの止めよか　（出雲）萩　哲夫
晴れのち曇り午後にわか雨　（美郷）遠藤　耕次

一杯のコーヒーだけで話し込み

〈二〇〇五・六・三〇〉

窓のガラスを染める夕焼け　（斐川）高橋　郁子
門限破ったあの暑い夏　（松江）若林　明子
ワールドカップついに決まって　（松江）多胡　誠夫
なおも決まらぬ次の会長　（出雲）矢田かず江
ふる里を出てはや半世紀　（浜田）宇田山　博
同級生ってやっぱいいなあ　（美郷）源　瞳子
金は貸さない主義としてます　（美郷）吉川　一利
億の商談して欠伸する　（松江）福田　町子
さて何だった今日の用件　（松江）三島　仁井

耕次さんの句、いつから話し始めていつ終わったのでしょう。雨宿りで話し込んだのでしょうか、それとも、このすべての天気の移り変わりを眺めていたのでしょうか。それによって、話の内容も相手も変わってくる気がしておもしろいです。

博さんの句、五十年間の時間の流れが思い浮かびます。実は、この前句は、連休中に十六年ぶりに友人に会って、閉店まで粘ったのをヒントにして作りました。十六年というのもずいぶん長い気がしていましたが、まだまだでしたね。

ちなみに、進々堂とは、大きな木の机があり、研究会や勉強をしている学生たちがいることで有名な京都の喫茶店です。よく覚えております。まさか、隣の机にいた方が多美子さん、なわけないですね。

268 ●●● アイデアだけでは勝負にならない

〈二〇〇五・七・一四〉

アイデアだけでは勝負にならない

ぶきっちょな手品師タネをみなバラし（出雲）原　陽子
父の日の肩もみ券は使われず（鳥取）有沢　説子
クールビズほど民営化楽じゃない（松江）渡部　靖子
ネクタイを外せばうまく行くのかな（松江）余村　正
根回しに来なかった罰まず加え（松江）村田　行彦
私には運がないのとあきらめて（益田）竹内　良子
ヤミツキで出したはがきは五百枚（浜田）勝田　艶
伊東家で鐘鳴らしたり呆れたり（松江）松田とらを
こんどこそ捕ってみせます大狸（江津）林　志保
無駄がなくリズムもよくて入選し（松江）持田　高行
母の手にかかれば古着生きてくる（浜田）重木　梢
スポンサー探し歩いて日が暮れて（浜田）滝本　洋子
国益を優先せよと叱られて（益田）石田　三章
のっそりと三年寝太郎起き上がり（松江）花井　寛子
まだ続く終わったはずのイラク戦（松江）村田　欣子
うなだれて楽屋へ戻る初舞台（益田）黒田ひかり
父さんがこっそりくれた軍資金（大田）清水　すず
四番打者ずらり並べてBクラス（松江）川津　蛙
製法もちゃんと記せと特許庁（大田）杉原ノ道真
絵に描いた餅は焼いても食えません（浜田）岡本美代子
そのたびに番頭がする尻拭い（松江）木村　更生
猫に鈴だれが付けるか揉めに揉め（松江）福田　町子
夏休み今日一日となりにけり（雲南）難波紀久子

あの二人今年も紅白出るのかな　（松江）森廣　典子

高行さんの「無駄がなくリズムもよくて」には驚きました。この前私が言った言葉そのままじゃないですか。ある意味、ひどいベタ付けですが、これは一種のパロディーとして成功しました。

小野小町が百歳の老婆となって、江州関寺辺に侘び住まいしていたときのこと、時の帝、陽成天皇から憐れみの御歌を賜ります。

雲の上はありし昔に変はらねど
見し玉だれの内やゆかしき

「宮中は昔といささかも変わっておらぬが、そなたは年老いての田舎住まい、さぞかし都恋しいことであろう」と、イヤミたっぷりな歌だと私は思うのですが、当の小町は取り乱すそぶりも見せず、

雲の上はありし昔に変はらねど
見し玉だれの内ぞゆかしき

と返します。帝の歌の「内やゆかしき」を「内ぞゆかしき」と変えただけで、「仰せのとおり恋しゅうございます」とお答えしたわけで。

鸚鵡という鳥は昔から知られていました。で、こういう返歌のしかたを「鸚鵡返し」といい、このエピソードは「鸚鵡小町」という謡曲で知られております。

―ふと思い出して、つい長々と書いてしまいました。

道真さんの「特許庁」もケッサク。「製法も」の「も」が、おかしくって、おかしくって。製法を書かずに、いったい何を書いたというのでしょうか。レッツで、「付句も記せ」と言われたようなものですね。

もっとも、特許庁、そんなに親切に注意してくれるわけはないのですが、そこがまた、おもしろい句作りになりました。

◇

さて、次の前句は、

見たこともないキノコにょきにょき

先日の豪雨の後のわが家の庭のていたらく―。いえ、そんなことはどうでもいいのですが、見たこともないような愉快な五七五を付けてください。

269 ••• 校長の椅子またも遠のき

〈二〇〇五・七・二八〉

校長の椅子またも遠のき
次々と民間人が選ばれて （松江）持田　高行
大過なくあとは定年待つばかり （松江）川津　蛙
事なかれ主義じゃ渡れぬ熱血漢 （大田）清水　すず

犬も長寿になったお陰で
綿入れのお帽子半纏（はんてん）お座布団 （雲南）藤原　政子

うなずきながら付かず離れず
高砂の翁に秘訣尋ぬれば （松江）三島　仁井
圧力をかけておいしい炊飯器 （旭）加藤　尋風

にわかに響く剣戟の音
アラカンのビデオあったら借りとくれ （益田）石田　三章
仲のよい兄弟だった若と貴 （松江）木村　更生

球児の夢を陰で支えて
勝利の日母も主役のインタビュー （出雲）川上　梨花

両手かざしてMr.マリック
司会者もテーブルの下覗き込み （美郷）吉川　一利

テレビの前にタマも釘付け
どうしたら後脚だけで立てるんだ （松江）野津　重夫

掘るか残すかタイムカプセル
級友がピカソ二世と噂され （松江）村田　行彦
屋敷ごと飛鳥美人はお引越し （松江）森廣　典子

ゲートボールのコートまた増え
団塊の世代がどっとUターン （雲南）難波紀久子
ヘタ同志なら叱られず楽しめる （出雲）佐藤まさる

意地でも会社やめてたまるか　（松江）木村　敏子
飛ばされた任地の空気肌に合い
社長以下オレを除いてみな女　（松江）花井　寛子

スープのさめる家族ばかりで
持ち金はきれいさっぱり使ってく　（出雲）矢田かず江

實篤の絵を裏向けにする
仲良くも美しくもない夫婦にて　（米子）田中ひろこ

カミさんの顔チラと浮かんで
言い訳も使い果たした三次会　（出雲）曽田　康治
熊除けの鈴を振り振り山の中　（松江）黒崎　行雄
単身は豆腐一丁もてあまし　（益田）竹内　良子
この曲で帰りゃ間に合う終列車　（松江）岩田　正之

大事な大事なリカちゃん人形
似てたとは信じられない今のママ　（松江）門脇　益吉

屋台村では一の稼ぎ手
大空に花火も上がる夏祭り　（雲南）板垣スエ子

◇

仁井さんの「尋ぬれば」―、「高砂の翁に」というから、これは長寿の秘訣（ひけつ）かと思ったら、夫婦円満の秘訣だったんですね、どうも。「付かず離れず」―、桃菴センセも、ナットク、ナットク。「尋ぬれば」という古風な語法も、この際、おもしろい。

まさるさんの「ヘタ同志」―、私はゲートボールはやったことありませんが、これもよく分かります。団体競技はむずかしいですね。「…なら叱られず」と言うあたり、ホッとした気分がよく出ております。

寛子さんの句は、「みな女性」とあったのを直させていただきました。「女」という言葉は、時に蔑称として用いられることがある（「男」もそうですが）ので、「女性」のほうを選ばれたのだと思いますが、それでは上品すぎて、この句の雰囲気に合いません。

ひろこさんのは、もと「仲悪く美しくない」とありましたが、これも手を入れさせていただきました。例の「仲良き事は…」のパロディーなのですから、なるべく元の形を残したほうがいいでしょう。直したために字余りになりましたが、それは一向に差しつかえありません。
　他にも添削させていただいた作品が、けっこう、あります。決してお気を悪くなさらぬよう。桃菴センセと合作するつもりで楽しんでいただければ幸いです。

◇

　次は、今日の入選句に七七の付句です。

270 ●●● 見たこともないキノコにょきにょき

〈二〇〇五・八・一一〉

　今月二十六日、金曜日の午後、放送大学の講演会で、益田の中央公民館へお邪魔します。演題は、「絵巻のはなし」―。絵巻というものは、マンガの原点みたいなところがありまして、昔もおもしろがりが多かった、などというお話をさせていただく予定です。
　放送大学では、長年、客員教授をやっております。その関係で、年に三回ほど「連句でリンク」というサロンを開いているのですが、次回は九月十日土曜日の午後二時から―。どなたでも参加できますので、みなさん、一度のぞいて見てください。こちらも、ついでに宣伝させていただきました。

見たこともないキノコにょきにょき　（松江）木村　敏子
森の中行くヘンデルとグレーテル　（浜田）岡本美代子
妖怪がハバきかせてる街もあり　（美郷）吉川　一利
ここもまた我が物顔の外来種　（浜田）勝田　艶
床板が腐ってますと脅されて　（出雲）萩　哲夫
ご先祖様ご供養もせずごめんなさい　（松江）福田　町子
七人の小人見えたり隠れたり　（美郷）源　連城
この続きあしたの晩も話してね　（出雲）飯塚猫の子
おかしいな育毛剤はどこ行った　（松江）小田まるむ
とりあえず焼いてみましたさあどうぞ　（松江）尾原ヨウコ
眠ってた埋没林で進化とげ　（松江）金乗　智子
この山も世界遺産にきっとなる

とりあえずナンジャモンジャと命名し（出雲）福島　睦
医学部もベンチャー企業立ち上げて（大田）杉原ノ道真
水やって観察してる夏休み（松江）渡部　靖子
生物の授業しばらく休みます（益田）石田　三章
これ以上自然破壊はよせと神（松江）三島　仁井
今の世は何が起こるか分からない（出雲）松井　直子
このあたり尼子毛利の古戦場（松江）木村　更生
イザナミの陵墓がついに見つかって（松江）村田　行彦
ばあさんは葛籠(つづら)を開けておったまげ（松江）若林　明子
もうちょっと追加してみるヨーグルト（益田）黒田ひかり
一番にカナリヤが食うハメとなり（松江）野津　重夫
トリュフならいくらになるか計算し（斐川）高橋　郁子
籠いっぱい隣の爺ィ詰め込んで（松江）余村　正
靖国の神にはなれぬ無辜(むこ)の民（雲南）難波紀久子

艶さんの句は、いま世間を騒がしている悪質リフォームですね。お互い、気をつけたいものです。それにしても艶さん、いったいどこにキノコが生えたのでしょうか。「床板が…」というところからすると、もしかして、畳の上？　それなら、その業者、存外まじめな業者なのかもしれません。

睦さんの句―。ナンジャモンジャといえば、松江城山のヒトツバタゴが有名ですが、実は、関東一円はじめ全国各地で、名前の分からない巨木を指してこう言う例がたくさんあるそうです。ナンジャモンジャゴケという苔(こけ)まであるというから、笑ってしまいます。辞書を引くと、「ナンジャモンジャゴケ科のコケ」とあったので、またまた大笑い。植物学者もやりますナ。ま、それぐらいですから、キノコの名になっても少しも不思議はないわけで。…愉快な作品でした。

◇

次の前句は、

掛けた眼鏡のずり落ちる汗

いま、この原稿を書いているとき、そういうことになりまして。あまり暑いので、もう前句も手抜き―。みなさんはまじめに、五七五を付けてください。

級友がピカソ二世と噂され

〈二〇〇五・八・二五〉

級友がピカソ二世と噂され
あのとき貰っておけばよかった　（浜田）滝本　洋子

熊除けの鈴を振り振り山の中
きっと生えてる赤松の元　（浜田）日原　野兎
過疎地を守る郵便配達　（松江）木村　更生
二本の足で歩く忠敬　（松江）多胡　誠夫

団塊の世代がどっとUターン
家も畑もタダで貸します　（松江）尾原ヨウコ
念願かなった二十万都市　（松江）持田　高行

大過なくあとは定年待つばかり
夫婦旅行がやっと実現　（雲南）藤原　政子
いっちょやったらホノルルマラソン　（松江）金築佐知子

社長以下オレを除いてみな女
あなたこのごろオシャレになったね　（出雲）萩　哲夫
長男だけど末っ子のよう　（松江）小田まるむ

司会者もテーブルの下覗き込み
燃えつきている蚊取り線香　（松江）花井　寛子
泣いて新婦のコンタクト落ち　（松江）金乗　智子

勝利の日母も主役のインタビュー
トンビがタカを生んだしあわせ　（美郷）山内すみ子
紅さしおえて準備完了　（大田）丸山　葛童
マイク持ったら放さない人　（松江）田村美智子

持ち金はきれいさっぱり使ってく
仲よく暮らせとじじの遺言　（六日市）井野　蛙
ハズレ馬券が宙に舞い散り　（浜田）大井　一弥
銀座で飲むなど一生もうない　（奥出雲）松田多美子

免税店でたたく電卓　（雲南）難波紀久子

事なかれ主義じゃ渡れぬ熱血漢
いま蘇るフーテンの寅　（雲南）板垣スエ子

飛ばされた任地の空気肌に合い
十年ぶりに子供授かる　（松江）木村　敏子

仲良くも美しくもない夫婦にて
やっぱりビリの二人三脚　（松江）安東　和実

FUMI

大空に花火も上がる夏祭り　（松江）原　隆子
姉妹の浴衣まりとべにばな
六十年の平和かみしめ　（松江）黒崎　行雄

智子さんの「新婦のコンタクト」——、意外な展開にまず驚きました。しかし、ドタバタ劇というわけでもないのですね。新婦が感動して泣いているわけですから。といって、やっぱりめでたい席で、湿っぽいわけでも、もちろん、ない。隠し味のきいた不思議な食感でした。

電卓は海外旅行の必需品。それはふつう、一ドルが一一〇円だから五ドル五〇セントは…、なんて計算に使います。でも、紀久子さんのは違うんですね。余った小遣いみな使っちゃえ、というわけで、あと何と何と何が買えるか——。楽しかった思い出を胸にいよいよ日本へ帰る、搭乗直前の、わくわくするような、まだちょっと心残りな気もする、あのあわただしいひととき——。「免税店」の一語が光っております。

◇

次は、今日の入選句を前句に選んで、それに今度は五七五の句を付けてください。

◇

森露さんによる「レッツ連歌スペシャル」。次回は九月二十九日ですが、その前句は、

どこかおかしい日本庭園

サンフランシスコは金門橋南詰めにある日本庭園。わりと有名ですが、あれも行ってみるとけっこう疲れるところです。…いやいや、私が余計なこと言ってはいけませんね。第一、外国の話とはかぎりませんし…。

付句はこちらも五七五です。

272 ●●● 掛けた眼鏡のずり落ちる汗

〈二〇〇五・九・八〉

先日は、「石見連歌道場」のお招きで浜田へお邪魔し、会員のかたがたと楽しい一夜を過ごしてまいりました。お名前をいえば皆さんご存じのかたばかり、飲むほどに酔うほどに盛り上がって、最後はカラオケで歌うは踊るは倒れるは…、連歌をやる人は、どうしてみな、こうも陽気なのでしょうか。

「石見連歌道場」は、「レッツ」ファン三十人ばかりで作るサークルで、連歌の勉強と称しては、月一回集まってワイワイガヤガヤやっておられるそうです。石見部のファンのかたは、ぜひご参加くださいとのこと。

掛けた眼鏡のずり落ちる汗

大漁旗アルプス席で振る父さん　（松江）村田　欣子
ちかごろはカチワリのない甲子園　（松江）高木　酔子
入浴はヘルパーさんのお蔭です　（浜田）勝田　艶
風上の君はそりゃいいバーベキュー　（安来）根来　正幸
鈴虫の声に着メロ変えました　（松江）花井　寛子
娘より若い講師に叱られて　（松江）多胡　誠夫
談合の証拠つぎつぎ並べられ　（大田）杉原ノ道真
通ぶった激辛カレーもてあまし　（松江）木村　更生
お嬢さん僕にくださいお父さん　（出雲）萩　哲夫
あと二局勝てば開けるプロの道　（松江）岩田　正之

鍬捨てて出たがツルハシ握るハメ　（出雲）佐藤まさる
申し訳ございませんを繰り返し　（益田）黒田ひかり
だんだんと口数の減る袋がけ　（松江）松田とらを
カナカナにせかされ挑む一万歩　（江津）岡本美津子
彼岸まであればと思う夏休み　（浜田）岡本美代子
そのわりに売れぬ自慢のかき氷　（松江）三島　仁井
こんな日はあくせくせずに昼寝する　（出雲）狩野　弥寿
端正な見合い写真と大違い　（松江）渡部　靖子
木曜はサウナで一句ひねり出し　（雲南）嘉本　厚子
スピーチもしどろもどろの披露宴　（出雲）原　陽子
コンタクトレンズ失くした盆踊り　（浜田）日原　野兎
もう一度シャワーを浴びてやり直し　（浜田）藤田　楠子
花火師は最後の夏と意気込んで　（益田）石田　三章

まさるさんの「鍬」は、言うまでもなく農民の象徴、「ツルハシ」を握るのは、この場合、日雇い労務者でしょうか。職業に貴賎はありませんが、都会で一旗揚げるつもりで田舎を捨ててきたが、こと志に反して…、といったところのようです。家を飛び出したころの若さと、ふと疲れも感じるいまの年齢、思い描いた人生と現実との落差、悔恨の情と望郷の念—、そういったもろもろのことがらが、私のようにゴチャゴチャ説明するのでなく、「鍬」と「ツルハシ」の二語で、みごとに表現されております。

さらに、誤解を恐れずにいえば、「眼鏡」というものが、肉体労働者にはあまり似合わないものと、ふつう考えられているとすれば、「眼鏡のずり落ちる」という前句の言葉が、この句の主人公の心の屈折を表現するのに実にうまく活かされている、ということになるでしょう。

このところ、まさるさんのご上達ぶり、目を見張るものがあります。

◇

次の前句は、

芸術の秋食欲の秋

残暑厳しい今日このごろですが、皆さんの作品をご紹介するころには、いい気候になっていることでしょう。楽しい五七五をお待ちしています。

273 ●●● 二本の足で歩く忠敬

〈二〇〇五・九・二三〉

二本の足で歩く忠敬　（松江）木村　更生
村の子が集まってくる量程車
一バレル七十五ドル三セント　（松江）森廣　典子
泣いて新婦のコンタクト落ち
ごめんなさい言おう言おうと日が延びて　（出雲）佐藤まさる
六十年の平和かみしめ
弁当の蓋の飯粒食べている　（出雲）矢田かず江
あの話だけは墓まで持って行く　（松江）吉川　郁子
念願かなった二十万都市
方言が微妙に違う西東　（松江）花井　寛子
十年ぶりに子供授かる
こつこつと努力の成果実を結び　（松江）尾原ヨウコ
嫁姑ともに手を出す夏蜜柑　（松江）渡部　靖子
オジちゃんがオイのお下がり着せられて　（浜田）勝田　艶
やっぱりビリの二人三脚
O脚とX脚の組み合わせ　（松江）金乗　智子
カメさんとペアじゃウサちゃん眠くなり　（美郷）吉川　一利
パリーグを救うつもりの一年目　（益田）石田　三章
夫婦旅行がやっと実現
酒たばこパチンコ一切やめました　（出雲）萩　哲夫
あのとき貰っておけばよかった
山付けで持って行かれた猪鹿蝶　（旭）加藤　尋風
成人のおたふく風邪は命取り　（大田）清水　すず
トンビがタカを生んだしあわせ
クローンでもこんな芸当できますか　（松江）村田　行彦

あなたこのごろオシャレになったね
クールビズ電気代より高くつき　（雲南）難波紀久子
高三の娘と同じ電車通　（松江）木村　敏子
念入りに今日も朝から毛づくろい　（奥出雲）松田多美子

過疎地を守る郵便配達
跡継ぎに見合写真も持ってくる　（松江）田村美智子
おばあちゃん買ってきました××××　（松江）福田　町子
田舎者だけ反対の民営化　（松江）山﨑まるむ

姉妹の浴衣まりとべにばな
いつの間にヘソ出しルックなど覚え　（浜田）宇田山　博

家も畑もタダで貸します
作物はみな猪が食べるけど　（松江）村田　欣子
すみません郵便局はありますか　（益田）山本　貞人
勘当をした末っ子が来いと言う　（松江）多胡　誠夫

きっと生えてる赤松の元
なじみある景色でしたが枯れました　（美郷）遠藤　耕次

燃えつきている蚊取り線香
参考書広げたまんま眠りこけ　（松江）庄司　豊
神楽笛ひときわ高く夜が白み　（松江）高木　酔子

前々回のＦＵＭＩさんのカット、覚えておられますか。ウサギとカメの二人三脚―。一利さんの句は、その絵から思いつかれたそうです。いわば、絵が「前句」なわけで…。「レッツ」に絵が入るようになったのは平成十四年からですが、こんな付句は今回が初めて。おもしろい試みです。

町子さんの句の伏字は、商品名を出すのはどうかと思いまして。「貼り薬」と「添削」する手もあるのですが、それでは元の句よりも悪くなってしまいます。

もっとも、みなさんはこういうことは気にしないでご投句ください。必要があれば、私の責任で処理させていただくまでです。

◇

今度は、今日の入選句を前句に、付句は七七です。

スペシャル（村瀬森露）●●●

　どこかおかしい日本庭園　（大田）清水　すず
列島に亜熱帯化が進んでる　（松江）持田　高行
南極の越冬隊の苦心作　（松江）花井　寛子
からくりを黄門様に見破られ　（松江）田村美智子
見習いのロボットたちがハサミ持ち　（松江）黒崎　行雄
芸術と独りよがりは紙一重
ステップストン・ランターン・フェンス・ティールーム　（松江）木村　更生
なんだって逆さに見れば気にならぬ　（大田）友村　直美
雪舟はすぐ手直しに取りかかり　（松江）三島　仁井
ホノルルの椰子の木陰の錦鯉　（美郷）吉川　一利
村中で知恵をしぼった村おこし　（浜田）勝田　艶
お父さん止めときなさいお節介　（松江）高木　酔子
横文字の説明順についてゆく　（松江）川津　光
様々に忍者屋敷は仕掛けあり　（美郷）源　瞳子
有名な岡本太郎の遺作です　（松江）門脇　益吉
灯籠に売り出しの札貼ってあり　（松江）山﨑まるむ

どこかおかしい日本庭園

〈二〇〇五・九・二九〉

曲水にレッツ連歌が登場し　（益田）石田　三章
俺さまがいいと言ったらこれでいい　（出雲）矢田かず江
ひっそりと人目忍んで外来種　（松江）多胡　誠夫
作ってはみたけど後が大変だ　（益田）山本　貞人
谷間にもオアシスのある摩天楼　（松江）岩田　正之
アナタタチコテイカンネンステナハレ　（安来）根来　正幸

　前句から黄門様が登場するとは思ってもみませんでした。ご一行の大立ち回り、印籠（いんろう）を見せつける格之進、ひれ伏しつつもシラを切る次席家老、そして異様な配置の石組みが蹴（け）り上げられて動かぬ証拠…と庭園が風雲急を告げてきます。

　直美さんの句で、心理学の研究を思い出しました。人の顔は逆さ（倒立）にしてみると、顔つきや表情などの違いがわかりにくくなることが知られています。これは英国のサッチャー元首相の写真を使って示されたので「サッチャーの錯視」と呼ばれています。サッチャー元首相の顔の写真の目と口の部分を切り取り、それを逆さにして貼り付けたものをそのまま頭が上の普通の方向（正立）で見ると形相は一変して見えます。しかし、その切り貼りした顔全体を頭が下の逆さ（倒立）にして見ると、サッチャー元首相の形相は少し変わった程度にしか見えません。正立顔と倒立顔の見え方を手がかりとして、私たちが人の顔を認識する仕組みが研究されているのです。庭の場合の見え方はどうなのでしょう。

岡本太郎も面白いですね。そうか、こう言えばいいのか…。彼が実際に庭を作ったことがあるのかどうかはわかりませんが、「歓喜」という梵鐘は作ったことがあるようです。名古屋の久国寺という所にあるそうですが、写真を見ると上部から角のようなものがたくさん突き出ていて、度肝を抜かれます。芸術家の手で、見慣れた形がこうなるのかと思うと楽しくなります。どんな音色なのでしょう。撞きに行ってみたくなりました。

度肝を抜かれたと言えば、正幸さんの句もあざやかな一喝です。恐れ入りました。それにしても、この句を読んで、私は思わず「ハンソンさんごめんなさい」とつぶやいてしまったのですが、これもまた固定観念なのでしょうね。

274 ●●● 芸術の秋食欲の秋

〈二〇〇五・一〇・一三〉

芸術の秋食欲の秋

休日を家族と過ごすグラントワ　（浜田）宇田山　博

目と耳に鼻と舌先仲間入り　（松江）黒崎　行雄

東京さ出たら上野と中華街　（浜田）藤田　楠子

あちこちへ誘われていく万歩計　（出雲）矢田かず江

どこもかも女ばかりでゾーロゾロ　（美郷）源　瞳子

オプションで二組になるツアー客　（浜田）安達美那子

兄弟でこうも性格違うとは　（雲南）難波紀久子

有り金を使い果たして冬ごもり　（松江）村田　欣子
絵手紙に大きな芋をひとつ描き　（松江）花井　寛子
デパートで小さな夢を叶えます　（松江）森　敦子
台風の通過でアテが大外れ　（大田）大谷　勇
百歳の元気の素(もと)は好奇心　（松江）岩田　正之
自画像を描けば画用紙はみ出して　（出雲）原　愼二
自画像は食べた分だけふくらんで　（斐川）高橋　郁子
文化祭月見うどんは売り切れて　（益田）竹内　良子
琴の音の流るる隣家秋刀魚(さんま)焼く　（江津）岡本美津子
贅沢は京懐石に魯山人　（大田）杉原ノ道真
焼き芋を食って連歌に取りかかる　（益田）山本　貞人
モデルにはとても向かない腰回り　（美郷）吉川　一利
シャガールのあとはホテルのバイキング　（松江）木村　更生
モデルよりパンが気になる画学生　（益田）石田　三章
梨の皮ちぎれぬように剥けた幸　（松江）高木　酔子
湯豆腐に紅葉ちらして芝居茶屋　（松江）原　野苺

八日にオープンしたばかりの島根県芸術文化センター、早速レッツに登場しました。こういう時事句は、後になって読み返してみると、またおもしろいものです。そのかわり、あまり時間が経ちすぎると分からなくなる。今は必要のない「注釈」を、こまめに残しておくということも、だれかがしなければならない仕事でしょうね。

美津子さんの「琴の音の流るる隣家」、「流るる」というのはいわゆる文語で、ふつうなら「流れる」ですね。わけもなく文語を使うことはよくない、と私は考えているのですが、いまの場合、古風な表現が「琴の音」にぴったりです。「琴の音」にぴったりな分だけ、「秋刀魚焼く」という俗な世界とは調和しません。その調和しないところに、この句のおもしろさがある。「流るる」でも「流れる」でも意味は同じですが、私がいつも「表現」と申しているのは、こういうことなのです。

それにしても、ワープロのソフトもまだまだですね。私の使っているのも、文語で書くと漢字変換してくれないばかりか、苦労して「流るる」と入力すると、間違いじゃないかと、いちいち聞いてくるので、腹が立ちます。

酔子さんの「梨の皮」、バカらしいけど、おもしろい。しかし、今度は酔子さん、ちぎれぬだけじゃなくって、長さに挑戦してみてください。ちなみに、リンゴの皮剥きのギネス記録は、五二・五一メートルだそうです。

ところで、梨でもリンゴでもいいのですが、こうしてちぎれぬように剥いた皮はどんな形をしているか、みなさん、ご存じですか。蚊取り線香のような単純なウズマキじゃなさそうですね。実際にやる前に頭の中で想像してみるとおもしろいですよ。

◇

次の前句は、

その角を右に曲がって三軒目

ときどき出てくる、わけの分からない前句です。タクシーに乗っていたら、たまたま聞こえてきました。それにしても、あの無線、プライバシーの問題はどうなっているのでしょう。なぜ、みんな黙っているんですかね。

いや、そんなことは今はどうでもよい。今日はいささか、おしゃべりが過ぎました。付句は七七です。

275 ●●● 方言が微妙に違う西東

〈二〇〇五・一〇・二七〉

方言が微妙に違う西東
分からぬフリの嫁と姑　（松江）川津　光

高三の娘と同じ電車通
着うた鳴ればすぐ覗き込む　（松江）多胡　誠夫
チカン出てみろタダじゃすまさん　（松江）木村　更生

一バレル七十五ドル三セント
じいさん山へ柴刈りに行き　（大田）加藤　妙鳳

酒たばこパチンコ一切やめました
やけに黄ばんだ貼紙十枚　（松江）山﨑まるむ
場外馬券売場新設　（浜田）日原　野兎
ついたあだ名が石部金吉　（出雲）曽田　康治

ちょっと臭いが三食がタダ　（松江）村田　行彦

作物はみな猪が食べるけど
今に見ていろ鍋にしちゃるぞ　（浜田）勝田　艶

あの話だけは墓まで持って行く
着信メールもその都度削除し　（東出雲）水野貴美子

穴掘り叫ぶ王様の耳　（松江）森廣　典子

跡継ぎに見合写真も持ってくる
小池栄子にちょっと似てます　（奥出雲）松田多美子

こつこつと努力の成果実を結び
なげしにずらと並ぶ賞状　（出雲）矢田かず江

第一面にレッツ連歌が　（安来）根来　正幸

ごめんなさい言おう言おうと日が延びて
仏間でひとり涙拭いてる　（浜田）重木　梢

すみません郵便局はありますか
旅の途中でできた傑作　（松江）高木　酔子

勘当をした末っ子が来いと言う
あの嫁とならウマが合いそう　（出雲）佐藤まさる

書き換えせねばならぬ遺言　（雲南）難波紀久子

温泉宿で観る旅芝居　（大田）清水　すず

弁当の蓋の飯粒食べている　（出雲）萩　哲夫
ぼくらがやった田植え稲刈り　（出雲）原　陽子
やっと手にした新婚の味
宝の山は食堂の裏　（浜田）岡本美代子
成人のおたふく風邪は命取り
決めつけるのはやめてください　（浜田）安達美那子
山付けで持って行かれた猪鹿蝶
鬼より恐い妖艶な指　（松江）原　野苺
念入りに今日も朝から毛づくろい
共進会の牛はピカピカ　（雲南）板垣スエ子

今回は全部で二百七十九句の作品をお寄せいただきました。その中で、「…郵便局はありますか」に付けた句が十五句。うち七句までが、過疎地のことを話題にしておられました。しかし、もう一つ前の句（「打越」という）が「家も畑もタダで貸します」でしたから、これでは話が元に戻ってしまいます。打越の句に引きずられていると、「郵便局はありますか」なんて聞くのは田舎でのことと思い込んでしまいますが、なに、旅先ならどこででも聞くことがあります。連歌はつねに変化を求めるもの。酔子さんの発想の転換がいかにみごとか、よくお分かりのことと思います。

「弁当の蓋…」にも十五の付句。こちらは五句までが、戦中戦後の厳しい食料事情にかかわる作品でしたが、これも打越が「六十年の平和かみしめ」でしたから、やはり話が元に戻ってしまいます。哲夫さん、陽子さん、美代子さんの句と較べてみてください。

前句に付句をただ付ければいい第二木曜日よりも、連句形式で続けている第四木曜日のほうが、実は数段むずかしいのです。

◇

では、こんなことにご注意なさって、今日の入選句を前句に、また新しい世界を展開してください。付句は五七五です。

276 ●●●

その角を右に曲がって三軒目

〈二〇〇五・一一・一〇〉

第4回連歌甲子園の選考、ようやく終えたところです。今年は例年よりレベルアップ？　若い人の感性は実にみずみずしい。十一月十五日の紙面をどうぞお楽しみに。

若い人といえば今回のレッツ、ひさびさに中学生の登場です。

その角を右に曲がって三軒目　（江津）岡本美津子
深呼吸して気持ち整え　（雲南）板垣スエ子
ブルドッグめす生後二ヶ月　（松江）金築佐知子
ボクの英語がみごと通じた　（松江）原　野苺
防弾チョッキで私服かけこむ　（美郷）吉川　一利
待ってくれてる新婚の妻　（松江）川津　蛙
むかし文豪住んでいたとか　（浜田）宇田山　博
町内にいる同姓同名　（浜田）日原　野兎
若後家さんで絶世の美女　（飯南）塩田美代子
結納届く大安吉日　（安来）根来　正幸
逃げた女房にゃ未練はないが　（美郷）山内すみ子
カーテン降りたままの三年　（浜田）大井　一弥
指名手配の写真そっくり　（出雲）佐藤まさる
寄れ寄れと言い寄ればまた留守　（美郷）吉田　重美
あんたのダンナきっとおるがネ　（益田）竹内　良子
ママは化粧し先生を待つ　（美郷）源　連城
あの番犬も年取ったなあ　（松江）森廣　典子
年々増えるイルミネーション　（出雲）萩　哲夫
十円持って行った銭湯　（北広島）堀田　卓爾
むかし銭湯いまはコンビニ　（美郷）源　瞳子
行列してるようならやめよう　（大田）加藤　妙鳳
公衆電話やっと見つかる　（益田）石田　三章
牛車の停まる夕顔の宿　（美郷）芦矢　修司
そこが交番そこで尋ねて　（松江）高木　酔子
まだあるかしら手焼きせんべい　（広島）原　隆一
お使いの子を陰で見守り　（雲南）難波紀久子
ブザー片手に道を教える

浮気のパパを突き止めたママ　（松江）門脇　益吉
このあたりみな同じ名前で　（松江）持田　高行
前後不覚でよくも言えたな　（松江）三島　仁井
暖簾くぐればまた鉢合わせ　（斐川）青木　紅圭
おっとヤベぇぞセンコーの家　（出雲）矢田　千夏
金木犀の匂う路地裏　（松江）松田とらを

典子さんの「イルミネーション」―、そういえば、今年もそろそろそんな時期ですね。最近はふつうの家でもよく目にするようになったクリスマスの電飾。「年々増える」というところが、楽しんでいるようにも、またあきれているようにも読み取れます。

妙鳳さんの「公衆電話」―。近年めっきり数が減って、親子三人だれもケータイを持たぬという、いまどき表彰ものの桃菴センセ御一家の、これが唯一、悩みの種です。

紀久子さんの「ブザー片手に」には、ドキッとさせられました。悲しいことですが、文句なしの名句！

酒に酔って「前後不覚」ということは、実際にあることですよね、仁井さん。翌朝にはなにも覚えていないのに、タクシーの釣り銭とおぼしき小銭が、ズボンのポケットからジャラジャラジャラ…。別に自慢できることじゃありませんが、覚えていないなんて酒飲みの口実、とお考えのかたもおられますので、特に申し添えておきます。

今回もすばらしい句をお寄せいただいた大ベテランの酔子さん、作品とは別に、蚊取り線香を二つ、S字型につないだような不思議なイラストを添えてくださいました。ほんとういえば、これは不思議でもなんでもない。この前（第二百七十四回）お出しした、梨の皮をちぎれぬように剝いたらどんな形になるか、というクイズの答なのですが…。私がうれしかったのは、何の説明もなく、このイラストだけがただ描かれていた、というその事実。この呼吸です、付句は。

◇

次は、
　ここではマズい場所を変えよう
なんだか怪しげな前句ですが、楽しい五七五をお願いします。

第4回連歌甲子園〈二〇〇五・一一・一五〉

課題1 ご先祖が残してくれた埋蔵金

【大　賞】

見たこともない親戚集合　（開星1年）三登　蘭

「埋蔵金」から親戚縁者の「もめごと」を連想した人は多かったが、これは、その「もめごと」ということばを伏せたところがミソ。「見たこともない」という表現がいい。おじいさんの先（せん）の奥さんだの、ひいおじいさんの隠し子の嫁なんて人も出てきます。「児孫のために美田を買わず」とは、西郷隆盛のことば。

【優秀賞】

内なる本性ここに現る　（佐賀・佐賀商1年）大林　加奈

句の意味するところは平凡だが、文語調の表現が効果的。

ちょっと広めの3LDK　（兵庫・神戸甲北3年）辻　涼士

埋蔵金といっても、ごくささやかなものだったんですね。平和でよろしい。

触れた瞬間目覚ましが鳴る　（兵庫・神戸甲北3年）中村　一也

もっとも、このテの夢、目覚ましが鳴らなくても、このあたりで覚めるもの。

花咲かじじいに横取りをされ　（浜田水3年）中村　一輝

う～らの畑でポチがなく…、あの人、お宅の借地人だったんですか。

分け合おうとも言えぬ一枚　（佐賀・有田工2年）黒田　潤治

数が多くても、それが素数だったりしたら？

球団一つ買ってみようか

（兵庫・神戸甲北3年）高橋　知抄

株の買い占めぐらいは朝飯前。選挙にも出たら？

見つける前に見つけられてた

（滋賀・八幡工3年）岸本　拓真

ピラミッドなんかも、たいがいは盗掘済みだそうです。

姉の私が家を継ぎます

（開星2年）祖田　恵

家を継ぐのをいやがる人の多い昨今、…それにしても女系家族かな。

振り込め詐欺にだまし取られる

（埼玉・福岡3年）敷野　裕之

「悪銭身につかず」？　苦労せずに手に入れたお金はやっぱり？

あるわけないしウチ信じへん

（兵庫・神戸甲北3年）児玉　有香

とても健全な考えです。関西のおばチャンは詐欺にかからないといいます。

【佳　作】

となりの犬が先に見つける

（益田工1年）岸田　裕希

世界遺産になってしまった

（兵庫・神戸甲北3年）加茂　翔大

あっという間に元の生活

（兵庫・神戸甲北3年）福田　恭子

そんな話もあったらしいね

（出雲工3年）持田　悟

さてご利用は計画的に

（開星1年）佐藤　真帆

ほっぺつねると痛くなかった

（出雲工3年）加藤　敬

ニヤリと笑う親戚一同

（兵庫・神戸甲北3年）河崎　絵理

私の代で使い切ります

（佐賀・有田工3年）太田　優香

オレだよオレオレそう雄太だよ
（埼玉・春日部共栄2年）上園　雄太

探し続けて破産寸前
立派なお墓に建てかえました
（出雲工3年）藤江　哉嘉

勉強やめて街に繰り出す
（松江南2年）野津あゆみ

徳川家より多いのかなあ
（兵庫・神戸甲北3年）田中　尚樹
（益田工2年）河野　一也

課題2　いまさらウソと言うに言われず

【大　賞】

コンビニで買ったケーキをラッピング
（佐賀・佐賀商1年）林　香菜子

お誕生日のプレゼント？　でも、それらしいラッピングというのは、素人にはけっこうむずかしい。よほど器用なんでしょうね。それに、相手がこんなに喜んでくれるとは思わなかった、でしょう？　もう後へは引けないと真剣に悩むあなた。でも、心配ご無用、あなたのお誕生日にはきっと、百均の袋菓子が届きます。

【優秀賞】

お見舞いのメール受け取るズル休み
（兵庫・神戸甲北3年）石川今日子

メールだからまだよかった。咳（せき）というものはキバリ出せないものです。

妹にウニだと見せた栗（くり）のイガ
（松江南2年）武田　沙織

色といい形といい大きさといい、たしかに似ている。でも、発音も似ているから大丈夫。

ほんとうはこのまま党に残りたい
（開星1年）山口　俊大

そこまではいいとしましょう。でも、寝返りまで打つとは…ねぇ。

ネコの餌おいしいわねと褒める母
（兵庫・神戸海星女子2年）谷本　早織

私も外国で食べたことがあります。猫マークの缶詰だとばかり思って。

大丈夫私はぜんぜん平気だよ

（兵庫・神戸甲北3年）井上　祐子

始めから本当にしてくれていなかった…、としたら、それもちょっと寂しいですね。

警察は動かぬ証拠つきつけて

（兵庫・神戸甲北3年）本田　充貴

まあ、カツ丼でも食えや！

ほんとうにオオカミが来た羊飼い

（益田工2年）青木　将也

だれでも知っている話だけれど、表現がユニーク。

ヨン様がこんな田舎にやってくる

（境港総合技術3年）福代　祥世

こちらは、「オオカミ少年」ならぬ「ヨン様少女」。

埋蔵金夢中で探す子孫たち

（出雲工3年）根来川有規

これは裏ワザ！　マイッタ、マイッタ。

じゃあすぐに忘れた宿題取ってこい

（江津1年）福間　彬

…はい。でも、自転車がパンクしました。…あ、自転車屋さん、今日お休みです。

【佳　作】

母さんは若くてきれいで優しくて

（愛媛・中山3年）上久保　瞳

このままで時がたつのを待っている

（矢上2年）上田　美希

先生は二十七だとサバ読んで

（隠岐水1年）井上　寛信

意地張って寒くないよとコート貸し

（兵庫・神戸甲北3年）金沢　祐奈

【総　評】

島根、鳥取両県をはじめとして、東京、埼玉、富山、滋賀、兵庫、愛媛、熊本、佐賀の二十一校の生徒さんから、「ご先祖が…」の句に八百三十九、「いまさらウソと…」の句に五百九十三の付句をお寄せいただきました。

その中で、神戸甲北高校からは、投句数も多かったのですが作品のレベルも高く、多くの入選作が出ました。また、開星高校は第一回から引き続いて大賞を獲得、益田工業高校の青木将也君は昨年に続いての入賞です。境港総合技術高校の福代祥世さんからは、「ご先祖が…」にも「夢見る父さん呆(あき)れる母さん」という名句をいただいたのですが、入選は一人一句という方針で、こちらのほうはご遠慮いただくことにしました。

このほかにも今回は捨てがたい作品が多く、それらの句は「佳作」として特にご紹介することにしました。

五七五の前句に七七の句を付けるよりも、七七の前句に五七五を付けるほうが、一般的には楽なものです。それに、「埋蔵金」という限定された内容よりも、「ウソ」という漠然とした内容（ウソならどんなウソでもいい）のほうが、やっぱり付けやすいはずで、こちらのほうにより多くの応募があるにちがいない…、と踏んでいた予想はみごとにはずれました。

予想のはずれた原因は、「付句」というもののエッセンスを、高校生のみなさんに、かならずしも十分にはお伝えできていなかったことにあるように思います。

「付句」のコツは、決して「付ける」ことにはありません。むしろ前句からいかに「離れる」（極言すれば「付けない」）かにあります。たとえば、埋蔵金から家族の内輪もめを連想するのは容易ですが、それだけではいい作品になりません。残念ながら選にもれたかたは、ここにご紹介した作品が、あなたの句よりもどれほど前句を「離れ」ているか、悔しいでしょうが、よく吟味してください。「いまさらウソと…」のほうが付けやすいはずだ、と私の考える理由も、同時にお分かりいただけると思います。

277 ••• 分らぬフリの嫁と姑

〈二〇〇五・一一・二四〉

前回に引き続き、中学生の登場です。

分らぬフリの嫁と姑
玄関のベルが鳴ってる集金日　（浜田）加藤　尋風

なげしにずらと並ぶ賞状
三代の遺影が睨む奥座敷　（浜田）宇田山　博
親の荷は背負わず僕は僕の道　（出雲）佐藤まさる
じいさんがいなくなったら燃えるゴミ　（出雲）矢田かず江

決めつけるのはやめてください
おごるけどそんなにお金ありません　（出雲）田中　媛香
当たってるときが多くて腹が立ち　（松江）山﨑まるむ
手相見と喧嘩しているクリスマス　（奥出雲）松田多美子
嫁姑とても仲よくやってます　（美郷）源　瞳子
逆上がりぐらい私もできますよ　（出雲）原　友莉恵

穴掘り叫ぶ王様の耳
ばあちゃんは聞いてないよで知っている　（浜田）滝本　洋子

鬼より恐い妖艶な指
女房に似合わぬダイヤよく似合い　（松江）村田　行彦

あの嫁とならウマが合いそう
天災は忘れたころにやってくる　（美郷）遠藤　耕次

やけに黄ばんだ貼紙十枚
お化け出る噂の家は売れもせず　（雲南）藤原　政子
歯の抜けた商店街に白き風　（松江）福田　町子
小道具もこだわり見せるレトロ館　（松江）森廣　典子

じいさん山へ柴刈りに行き
ケータイを持たせはしたが圏外で　（浜田）大井　一弥
寝かせてるつもりが先に寝てしまい　（出雲）原　愼二

ばあさんの洗濯できる川がない　(益田) 山元　貞人

旅の途中でできた傑作

箸休め急いで探す箸袋　(松江) 多胡　誠夫

見せるのじゃなかった妻の冷たい目　(益田) 石田　三章

四十年ともに歩んだこの茶碗　(出雲) 萩　哲夫

関守の心もゆるむ勧進帳　(松江) 岩田　正之

早いものあれから十月十日たち　(安来) 根来　正幸

チカン出てみろタダじゃすまさん

女装しておとり捜査のモサ刑事　(雲南) 難波紀久子

妙案はあるご近所の底力　(松江) 安東　和実

書き換えせねばならぬ遺言

尻馬に乗った株の値暴落し　(浜田) 藤田　楠子

温泉宿で観る旅芝居

おひねりを両手で受けるいじらしさ　(松江) 木村　敏子

まなじりの皺は隠せぬ娘役　(美郷) 吉川　一利

お客より役者が多い雪もよい　(松江) 原　野苺

連句形式のこのシリーズ、次回は今年最後になります。今日の付句を前句にして、七七の句を付けてください。

◇

第五木曜日の「スペシャル」も、来月が最後になります。森露さんから預かった前句は、

自分では言ったことない流行語

これにも七七の付句をお願いします。

◇

それから、来年の「新春特集」の前句も、例によって早めにお知らせしておきます。

波乗り船の音のよきかな

「波乗り船」とは、七福神の乗っている宝船のことをふつう言いますが、一般的に、波に乗って気持ちよく進む船、という意味に取っていただいてもかまいません。こちらには五七五の付句を、今からお考えおきください。

あわただしくなってきましたね。

278 ●●● ここではマズい場所を変えよう

＜二〇〇五・一二・八＞

備後屋の策にのっかるお代官　（出雲）矢田かず江
大物のポスター先に貼ってある　（雲南）景山　綾美
イケメンがたむろしている喫茶店　（松江）原　　野苺
幼子といえど見ていちゃ気にかかる　（出雲）佐藤まさる
いい当たりお地蔵様を直撃し　（美郷）吉田　重美
池田屋も新撰組に気づかれて　（大田）杉原ノ道真
干し柿にいつの間にやらカビが生え　（大田）加藤　妙鳳
もうツケがきかなくなった縄暖簾　（雲南）藤原　政子
見覚えのあるハゲ頭見え隠れ　（飯南）大谷ミヨエ
取引が済めば互いに知らぬ顔　（北広島）堀田　卓爾
タダ酒の好きな男がやってきて　（邑南）渡辺　正義
玉子焼きどこに入れよか右ひだり　（雲南）嘉本　厚子
ピンサロで娘がバイトしてたとは　（大田）清水　すず
釣り糸が隣の竿にからみつき　（松江）木村　敏子
元カノの後ろ姿が目にとまり　（松江）若林　明子
ライバルもキャディもこっち見ていない　（松江）高木　酔子
あの咳はただの風邪とは思えない　（益田）山元　貞人

前にも一度お知らせした放送大学の「連句でリンク」、次回はあさって十日午後二時から、松江のスティックビル四階で行います。どなたでもご参加いただけますので、お時間のあるかたはぜひどうぞ。お申し込みは島根学習センターまで。

ここではマズい場所を変えよう
隠れても影が教えるかくれんぼ　（雲南）難波紀久子
でもあんたフォーカスされるほどじゃない　（奥出雲）松田多美子
出張のはずの亭主が帰ってる　（安来）根来　正幸
団体の女性乗り込む炬燵舟　（松江）松田とらを
親たちにバレてしまった秘密基地　（松江）福田　町子
風水に凝ったばかりに庭木枯れ　（浜田）大井　一弥
壁抜けて迷ったあげく炭小屋へ　（松江）村田　行彦
ポロポロと蕾が落ちるカニサボテン　（松江）渡部　京子
沖縄の願いも聞いてブッシュさん　（松江）門脇　益吉

日本におればよかったフジモリ氏　（松江）金津　功
獅子舞も頭を下げる野辺送り　（浜田）加藤　尋風
葬式のマネなぞ伜するでない　（松江）安東　和実
子育てのタマが気にするアスベスト　（松江）村田　欣子
ホステスが五人お客はただ一人　（松江）高橋　光世
下宿人よからぬ噂立てられて　（安来）景山　恒夫
庭の木の巣箱を狙う青大将　（斐川）伊藤　敏子
ちょっと待て夜回りセンコー来るころだ　（松江）持田　高行
エサ取りに遊ばれている防波堤　（松江）多胡　誠夫
連作はサヤエンドウの命取り　（松江）岩田　正之
銃口をこちらに向ける警備艇　（江津）星野　礼佑
二人連れ肩寄せ合って遠ざかり　（浜田）岡本美代子

町子さんの「秘密基地」―、なつかしいですね。桃菴センセの秘密基地は鬱蒼（うっそう）とした鎮守の森の中にありました。大きくなって行ってみると、森というほどでもなかったのですが。

まさるさんの「気にかかる」―、いったい何をしでかそうというのでしょうか。金庫破りか、立ち小便か、はたまた、男女の秘めごとか。いろいろ想像できて楽しいですね。具体的でないことで成功した句です。

妙鳳さんの「カビが生え」で思い出した小話―。「餅にはなぜカビが生えるんでしょう」「早く食わないからだ」―というのですが、すみません、これは批評になっていません。

和実さんの「葬式のマネ」は、孟母三遷。

◇

さて、来年の新春特集の前句は、

波乗り船の音のよきかな

実は、縁起物の「宝船」の絵に添えられた、「ながき夜の遠のねぶりのみなめざめ…」という、回文の歌の下の句なのですが、それは気にしないで、自由にお付けになってけっこうです。付句は五七五。

ふだんは読むだけという隠れファンのかたにも、今回はご投句していただくことになっております。

279 ばあちゃんは聞いてないよで知っている

＜二〇〇五・一二・一三＞

ばあちゃんは聞いてないよで知っている
朝の散歩は町内三周　（大田）杉原ノ道真

四十年ともに歩んだこの茶碗
夫婦喧嘩を何度乗り越え　（出雲）萩　哲夫
二つ揃ってヒビも入らず　（松江）岩田　H子

当たってるときが多くて腹が立ち
長年連れ添う妻のツッコミ　（斐川）伊藤　敏子

ケータイを持たせはしたが圏外で
迷子の坊やヘリで捜索　（松江）中谷　祐子
そりゃ何じゃいと閻魔大王　（松江）村田　行彦

まなじりの皺は隠せぬ娘役
毎朝チエックしてる折り込み　（松江）多胡　誠夫

お化け出る噂の家は売れもせず
枝垂れ柳は切ってもよろしい　（松江）尾原ヨウコ
震度6でもビクともせぬのに　（浜田）日原　野兎

じいさんがいなくなったら燃えるゴミ
レッツ連歌の切り抜きの束　（松江）余村　正
火焔太鼓とだれも気づかず　（浜田）岡本美代子

ばあさんの洗濯できる川がない
最上階で夜景見ている　（浜田）勝田　艶

逆上がりぐらい私もできますよ
大車輪とかムリなんですけど　（美郷）源　瞳子

手相見と喧嘩しているクリスマス
目は笑ってる寅さんの顔　（美郷）遠藤　耕次
ホテルキャンセルした金返せよ　（松江）久本　明美

寝かせてるつもりが先に寝てしまい
待っても来ないサンタクロース　（出雲）原　陽子
介護疲れの肩に母の手　（雲南）難波紀久子

女装しておとり捜査のモサ刑事
ヤツのホモっ気役に立つとは　（雲南）景山　綾美
忘年会の主役引き受け　（出雲）石橋　律子
KABAちゃんでしょうサインください　（奥出雲）松田多美子

嫁姑とても仲よくやってます
やみつきになるボジョレヌーボー　（松江）岩田　正之
亭主サカナに注しつ注されつ　（松江）三島　仁井
疎外されてる跡取りのボク　（松江）木村　更生

箸休め急いで探す箸袋
いっしょに歌う郷土民謡　（雲南）藤原　政子

「手相見と喧嘩」に付けた付句、二句とも、とてもおもしろい。

突然呼び止められて、女難の相がある、なんて言われた寅さん、「バカヤロウ、生意気なこと言うんじゃねぇ」と拳（こぶし）を振り上げたものの、目は笑っている…、いかにもありそうな話です。これほどの句が作れれば、脚本ぐらい十分書けます。

「ホテルキャンセル」もケッサク。易者のことばをつい真に受けて、高級ホテルのダブルルームを予約したあわれな男…、前句の「クリスマス」がよく効いています。

政子さんの「郷土民謡」—、そういえば、観光地の旅館の箸袋には、よく土地の民謡なんかが印刷されていますね。このアイデアにも感服！

この句とほとんど同じで、下七を「ご当地ソング」とした作品を、別のかたからいただきました。選者泣かせとはこのことですが、最後は、リズムのよさで選ばせていただきました。七七の句の下七が四・三に切れる句は、できるだけ避けてください。

◇

今年の連句シリーズもケリがつきました。

来年はあらたに、

エンジンの掛かりかねたる冬の朝

から始めます。車の「エンジン」と取るか、心の「エンジン」と取るか、いずれにしても、付句は七七。リズムにも気をつけてください。

◇

それでは、みなさん、私からは「いいお年をお迎えください」。

二十九日に森露さんのスペシャルが、もう一度あります。

スペシャル（村瀬森露）●●●

自分では言ったことない流行語

〈二〇〇五・一二・二九〉

自分では言ったことない流行語　（益田）竹内　良子
十年ぶりに帰国しました　（松江）村田　行彦
時事問題に出してみようか　（松江）余村　正
劇場いっぱい舞うチルドレン　（浜田）安達美那子
この服だって十年着てるわ　（出雲）矢田かず江
五千円からお釣りになります　（斐川）高橋　郁子
クールビズなど必要もなし　（松江）高木　酔子
おぼえの早いカゴのキューちゃん　（雲南）難波紀久子
育ちの良さが邪魔をしている　（松江）黒崎　行雄
出雲弁なら自由自在で　（松江）多胡　誠夫
孫の携帯メール着信　（浜田）日原　野兎
やっと覚えりゃ皆は忘れて　（松江）原　野苺
こんな問題試験に出すなよ　（奥出雲）松田多美子
劇場主の目が笑ってる　（出雲）曽田　康治
オヤジギャグなら性に合ってる　（浜田）藤田　楠子
昭和も遠くなりにけるかも　（松江）森廣　典子
ますます開く娘との距離　（松江）木村　更生
父は昔の校長先生　（美郷）芦矢　敦子
一人こっそり練習の祖父　（出雲）原　陽子
審査員ってそげなもんかね　（美郷）吉川　一利
前句はいつも想定外です　（浜田）重木　梢
辞書にはないと言うナポレオン　（浜田）勝田　艶
忘れた頃に次が生まれる　（松江）福田　町子
五歳の坊や得意満面

酔子さんの句で、九官鳥ではありませんが、子どものころにオウムを初めて見たとき、オウムに「コワイカ、コワイカ」と言われたことを思い出しました。私がまわりの人から「怖いか」と聞かれるのを聞いて、オウムはすぐに学習したのでしょう。あたりに鳥の声が響く様子が思い浮かびます。

美那子さんの句、こんな開き直り方もあるのだと思いました。このワインだって六十年寝かせたんだからなんて、悠然と構えたいものです。

更生さんの句も、面白いですね。案外、一人こっそり練習されていたけれども、お蔵入りしたのかもしれませんが。

今年の新語・流行語大賞は「小泉劇場」と「想定内(外)」でした。お寄せいただいた句の中にも、今年の賞を受賞したことばが使われたものがいくつかありました。

一利さんの句、謙虚なお人柄を感じさせます。これは、「外」を「内」にしてみても面白いですよ。当然ふてぶてしくなりますが、例のあの人も、実は連歌ファンなのかもしれない、なんて思えてきます。

ちなみに、付句はいつも選者の想定外です。今年もいろんなことがありましたが、来年の新語・流行語は楽しいものがたくさんあることを期待します。それでは、来年もことばとことばの新しい出会いがあることを楽しみにしつつ、皆様よいお年をお迎え下さい。

280 二〇〇六年新春特集●●● 波乗り船の音のよきかな

△二〇〇六・一・一二▽

あけましておめでとうございます。

今年は戌年。戌年といえば、この「レッツ」が始まったのが、十二年前の戌年、平成六年の一月でした。そのときの桃菴センセ、まだ紅顔の美少年だったのですが…。

平成九年の四月から始めたNHK松江の「付句道場」も、今年は十年目です。（こちらのほうも、みなさん、よろしく。）

あるかたから、「よくもそんなに続きますねえ」と言われたことがあります。どういう意味かと思ったら、新聞にしろテレビにしろ、担当のデスクやディレクターというのは、およそ数年で交代するもので、交代すると、それまでにない新しい企画がかならず出てきます。そのアオリを食って、古いものは、よほどのことがないかぎり、淘汰されていく、とこういうのです。

とすると、なるほど、よほどのことがあったのでしょう。私の場合、歴代の担当者に恵まれたことはもちろんですが、それ以上に、やはりこれは、みなさんのお支えだったろうと思います。

きれいごとで言うのじゃありません。数字を出しましょう。「レッツ」で初めてみなさんの作品をご紹介したときの総投句数が百二十三、そのうち入選はわずかに九句。ところがその後、投句数はおおむね増えつづけ、作品のレベルも上がって、今回などは、総投句数三百三、入選句数は五十六句。

投句が増え続けるということは、常時、新しいかたが加わっていてくださる、ということです。同時に、以前からお始めいただいたかたも、おおむねそのままお続けくださっているということでしょう。いったんハマるとなかなか「足の洗えない」、こわ～い世界なのですね、実は。

でも、この傾向が続くかぎり、「レッツ」も「道場」も安泰だと、私は思っております。続かなければ、鬼デスク、鬼ディレクターの前に、ひとたまりもないことでしょう。

ですから、これからは、みなさんのご支援を、いままで以上に仰がなければならないわけで。

と、ま、お堅い話のあとは、恒例の新春講話の始まり、始まり！

◇

京都の上賀茂神社では、毎年五月五日、賀茂の競馬（くらべうま）という神事が催されます。今から六百数十年前、かの兼好法師もこの競馬を見に行っております。

行ってみると、すでに群衆がいっぱいで、立ち入る隙もありません。ふと見ると、向いの棟（おうち）の木に登って馬を見ている男がいる。いやいや、馬なぞ見ていない。さっきからコックリコックリ、居眠りしているじゃありませんか。みんなが笑います。「あの痴（し）れ者よ、いまに落つるぞ。」

それを聞いた兼好法師、「これ、何を笑わるる。人はだれしもいつ死ぬるやも知れぬもの。それを忘れてこうして物見遊山にふけっておらるるおのおのがたこそ、あの男にもまさる痴れ者ならずや。」

群衆はこの一言にはったと打たれて、おのれの非を悟り、兼好に道を開けてくれた、とこう申します。

高校の教科書なんかにもよく出てくる『徒然草』の一節ですが、コレって、それほどいい話なのでしょうか。

イヤですねぇ、私は。

だいたい、みんなが無邪気に楽しんでいるところへやってきて、陰気な話、するものじゃない。こういう人って大キライ。島根大学にもおりますが、二三人。

ま、私の主観はともかくとして、「物見遊山にふけっておらるる」―とはそも何ごとか。そんなら、あんたは何しに来たんじゃ？　その上、道を開けてくれたからといって、なんでノコノコ前へ出るのか。

そもそも、道を開けてくれた、なんて思っているのが、ほんとう言えば大間違い！　こんなイヤな爺ィが来たら、それはだれかて逃げまっせ。

で、この段の締め括りはこう――、

人、木石（ぼくせき）にあらざれば、時にとりて物に感ずること、なきにあらず。

大袈裟な物言いですなア。

でも、高校生ぐらいだと、こんな文章につい騙されてしまいます。大人だって騙されるから、教科書に載っているんでしょうナ。

いいえ、私はけっこうまじめに申しておるので。こんなのに感動しているようでは、付句なんかはとてもできない。

◇

一休さんのあの話なんかも、子供のころからキライでしたね、私は。

なんでも、大金持ちの法事とやらに、一休さんが呼ばれたそうで。で、このヒネクレ者、一番汚いヨレヨレの袈裟を掛けて出かけていった、と申します。

それしかないならしかたがない。他にあるなら使わんかい！

相手の家では乞食が来たと思って、けんもほろろに追い返します。

してやったりと一休さん、とは物の本には書いていませんが、そう読み取るのが連歌子の眼光！

かねて用意の最上等の袈裟に替えて、ふたたびやって参りますと、相手のほうも掌を返したような歓待ぶり。

「どうやら、愚僧よりもこの袈裟のほうがありがたいそうな」、こう言って一休さん、袈裟を仏前に供えて拝んでみせた、というのですが、イヤな話ですね。タチの悪いイタズラです。

どうせイタズラするなら、陽気に行きたいものです。

◇

さる金満家の旦那が洒落（しゃれ）た花見をしようというので、芸者・幇間（たいこもち）を先ィやっといて、自身は汚いボロボロの着物を着て行きなはった。先の連中が陣取ってるとこへ、醤油で煮しめたような手拭いで頬被りして、「どうぞお余りを戴かしてやっとくれ」、言うて行きはったんや。幇間が出てきて、「こら、あっちィ行け、アタ汚い」、言うてドンと突きよった。すると旦那が、「これ、蝶助、そんな無茶すな」、言うなり、頬被りを取って、ボロをグルッと脱ぎなはると、下は別染（べつぞめ）の長襦袢（ながじゅばん）に縮緬（ちりめん）の扱帯（しごき）というふうでスッと立ちなはったんや。一座の者はいうもさらなり、ぐるりに見ている者がアッとびっくりしてる顔を見て楽しむという、どうや、こんなんが、まァこの上なしの贅沢な花見やないか。

（笑福亭松鶴『上方落語』より「貧乏花見」）

一休さんも、上等の袈裟を下に着込んでいれば、おもしろかったのですがね。

ま、エー、お後がよろしいようで。

波乗り船の音のよきかな

蓬莱の島をかなたに眺めつつ　（奥出雲）大塚　隆

その昔銀積み出した沖泊　（浜田）宇田山　博

石をもて追われ錦を着て帰り　（雲南）難波紀久子

結婚をふと考える歳となり　（松江）木下　幸子

はとバスとセットになった川下り　（大田）清水　すず

焼玉のリズムに合わすしげさ節　（浜田）加藤　尋風

嫁ケ島漕ぎ抜け仰ぐ天守閣　（美郷）吉田　重美

初夢の覚めてなごりのひたひたと　（松江）福田　町子

上陸の予定地ぜんぶ乗り過ごし　（美郷）芦矢　敦子

はるばると一寸法師上り行く　（松江）森廣　典子

笑う門素通りはせぬ七福神　（益田）竹内　良子

一着でゴールのオールよく揃い　（雲南）景山　綾美

仙人の枕を借りて五十年　（浜田）大井　一弥

宍道湖の朝靄のなか蜆かき　（斐川）伊藤　敏子

早々と引退宣言した首相　（松江）川津　蛙

炬燵より眺むる城の雪景色　（松江）庄司　豊

森の石松森の石松よい男　（松江）花井　寛子

ふるさとの島影遠く見え始め　（松江）持田　高行

初夢は弁天さまの膝枕　（松江）原　野苺

浜田藩支えた男八右衛門　（浜田）加藤　純子

いつまでもあると思うな親と金　（松江）加藤　京子

いちどきに息子が嫁と孫連れて　（松江）三島　仁井
したたかに生きて白寿の朝迎え　（浜田）勝田　艶
大漁旗ちぎれるほどにはためいて　（松江）松田とらを
ゆらゆらと揺れながら行く夫婦旅　（大田）大谷　勇
初春と目にはさやかに見えねども　（雲南）板垣スエ子
九月からだれが後継ぐ日本丸　（松江）野津　重夫
いつまでも酔ったフリして膝枕　（松江）岩田　正之
石見路のしおかぜ駅伝六連覇　（出雲）石橋　律子
チルドレン連れて漕ぎだす日本丸　（松江）高橋　光世
弁天の琵琶に乙姫舞い上がり　（松江）渡部　靖子
ヤレソレと付句どんどん沸いてくる　（東出雲）水野貴美子
天然のワカメ今年はよくできて　（浜田）大空　晴子
タモくらいもてばよいにと恵比須さま　（益田）石田　三章
経済も今年はちょっと上向いて　（出雲）原　陽子
七福神俵枕に眠りこけ　（江津）星野　礼佑
最近の陸は危険なことばかり　（松江）山﨑まるむ
絵馬に見る浜田の沖の鯨漁　（浜田）藤田　楠子
新しい機械で向かう中州畑　（松江）田川　君江
先生の講義は今日もよどみなく　（松江）黒崎　行雄
笑い声転がせながら橋くぐり　（松江）高木　酔子
美保湾に光り輝く初日の出　（美郷）吉川　一利
見えてきた校舎に子らの大歓声　（松江）余村　正
喫水線深く沈んで大漁旗　（松江）村田　行彦
かじかんだ手足ほぐれる薪の風呂　（松江）若林　明子
小雪舞う波止場に山と積む初荷　（松江）木村　敏子
人々を感動させた塩津小　（松江）村田　欣子
四少年めざすローマへ幾千里　（松江）木村　更生
ほどほどの幸せ買った福袋　（飯南）大谷ミヨエ
念入りに白粉を塗る日焼け顔　（飯南）塩田美代子
砂時計エイと返して春迎え　（大田）加藤　妙鳳
父さんがそろそろ帰ってくる時刻　（浜田）安達美那子
我が家にも弁天さまはおられます　（浜田）滝本　洋子
帰りには鶏まちがって時を告げ　（松江）多胡　誠夫
大政を奉還したる慶喜公　（松江）門脇　益吉
モンゴルへ錦を飾る大銀杏　（出雲）矢田かず江

以上、五十六句出揃ったところで、それでは、いよいよ結果の発表！

第1位　美郷町　　第2位　飯南町
第3位　浜田市　　第4位　松江市

第5位　大田市　……

いきなり何のことじゃ？

いえ、実は、市町村ごとの「入選率」を比べてみたのです。たとえば、美郷町の入選者は三人いらっしゃいますが、同町の人口は五、九一一人（平成十七年国勢調査結果速報）。で、同町の入選率は、

三÷五、九一一＝〇・〇〇〇五〇七五…

と、こういうわけで。

今回第2位だった飯南町から、もしあと一人の入選者が出ていれば、美郷町を抜いて1位に浮上していたところです。

当然のことながら、人口の少ない市町村ほど、お一人お一人の「責任」は重大なわけで。早い話が、残念ながら今回入選者のなかった知夫村から、もしお一人の入選者でも出ていたとしたら、それだけで知夫村はダン・トツだったのですが…。がんばってください、知夫村のかた。

いいえ、単なるお遊びです。ただ、今までこんな統計、取ったことがないんで、私自身、どんな傾向にあるのか知っておきたいのと、あわせて皆さんの励みにもなろうかと思いまして。とにかくこの一年、ずう一っと追跡してみたいと思っております。

で、年間通じて最高位の市町村には、表彰状と豪華賞品…、それはおそらく出ないでしょうが。いいえ、単なるお遊びですから。

◇

さて、次の前句です。

頑固がウリの寿司屋の大将

そういう寿司屋さん、わりとありますよね。

前句が七七ですから、付句は五七五。もっとも、厳密にいうと、「寿司屋の大将」は八音ですが、それは「字余り」として許される範囲。同様に、みなさんの作品は、六七五でも五八五でもいっこうに構いません。要は、リズムの問題です。

今年から始めてみようというかたが、また大勢出てくださることを期待しております。

281 ●●● エンジンの掛かりかねたる冬の朝

＜二〇〇六・一・二六＞

前回と今回を合わせた市町村別入選率のベスト5は、
①美郷 ②飯南 ③浜田 ④松江 ⑤東出雲
第五位が入れ替わりました。

エンジンの掛かりかねたる冬の朝

想定外の寒波襲来 (浜田) 岡本美代子
ゴミ持たされて放り出される (松江) 高木 酔子
新車登録昭和元年 (大田) 杉原ノ道真
朝寝朝酒朝湯が大好き (松江) 多胡 誠夫
うらやましいな穴の熊さん (美郷) 吉川 一利
贅肉つけたうちの番犬 (松江) 松原 茂
思い出せない二次会の後 (益田) 石田 三章
乗れと言われたそれが馴れ初め (松江) 三島 仁井
一風呂あびてパパはお出かけ (浜田) 勝田 艶
あしたに賭けよう永い人生 (雲南) 岩佐美恵子
止めても止めても目覚ましが鳴る (松江) 岩田 正之

夢の中では働いている (東出雲) 太田 悦子
ポチよせがむな今日は日曜 (飯南) 塩田美代子
派手なネクタイ妻に締められ (江津) 岡本美津子
新聞少年颯爽と行く (松江) 福田 町子
先着順の粗品あきらめ (雲南) 難波紀久子
やっと追いつく集団登校 (大田) 清水 すず
ハワイじゃこんなことはなかった (出雲) 原 陽子
激辛ラーメン食って出発 (松江) 木村 敏子
箱根の坂でビリを脱出 (松江) 村田 行彦
小型一台至急お願い (浜田) 大空 晴子
トリノ五輪の技に魅せられ (松江) 森廣 典子
身は縮んでるラジオ体操 (松江) 金津 功
ボーナス0と聞けばなおさら (出雲) 矢田かず江
木魚の音もやや鈍りがち (松江) 木村 更生
扶養家族に後ろ押させて (浜田) 日原 野兎
優しく叱る妻募集中 (松江) 原 野苺
清少納言ひとり冴えてる (松江) 渡部 靖子

さる大雪の朝、一条天皇の中宮定子(ていし)の御所。ふだん昼間は上げる蔀戸(しとみど)も閉じたまま、炭櫃(すびつ)に火をおこして、寒さをしのいでおります。

と、中宮が、「少納言よ、香炉峯(かうろほう)の雪いかならん」―。香炉峯とは、いまの中国江西省にある廬山(ろざん)の一峰。そんなところの雪の様子なんて分かるはずないのですが、納言はさっと立ち上がるや、蔀を上げさせ、するすると御簾(みす)を巻いて、はるかかなたを眺めやる風情。「香炉峯ノ雪ハ簾(すだれ)を撥(かか)ゲテ看(み)ル」という白楽天の詩句によった機知で、この話はみなさんもよくご存じだと思います。

中宮はこれをご覧になって、にっこりとお笑いになった、と申しますが、さて、みなさん、中宮は何に満足なさったとお考えでしょう。

こんなむずかしい詩をよく覚えているものだと感心なさった、などと、失礼ながらひょっとして、誤解はされていませんか。

いえ、これくらいの詩をそらんじていることなど、当時の貴族にとっては当たり前のこと。それが証拠に、まわりにいた人々も、「さることは知り、歌などにさへ歌へど」と申しております。

その詩は私たちだってよく知ってはいたけれど、それにしても、「思ひこそよらざりつれ」―。黙ってさっと御簾を巻き上げるという、こんなおシャレな答えかたをするとは思いもよらなかった、とこういうのです。

これがもし、彼女が、しかじかの詩がございまして、なんて得意気に説明していたとしたら、ああ、それは大笑いですね。

この呼吸です、付句も。

清少納言が「レッツ」の常連さんだったらどんなにいいかと思いますが、いえ、靖子さんなど、さしずめ今清少というところでしょうね。

◇

例年のごとく、第四木曜日は連句形式で続けてまいります。まずは、今日の入選句のどれかを前句に選んで、その前句に五七五の句を付けてください。その際、最初の句「エンジンの…」の内容に戻らないよう、ご注意ねがいます。

282 ●●● 頑固がウリの寿司屋の大将

＜二〇〇六・二・九＞

今回は三百三十七句のご応募があり、そのうち二十八句が入選。その結果、これまでの市町村別入選率は、

①飯南　②美郷　③浜田　④松江　⑤大田

一位と二位が入れ替わり、五位に大田が復活してきました。

頑固がウリの寿司屋の大将

叱られに今日も来ました縄暖簾（飯南）大谷ミヨエ
オレオレを疑いもせず振り込んで（出雲）原　陽子
いつ来ても類が友呼ぶにぎやかさ（斐川）高橋　郁子
月一度東京からの泊まり客（大田）杉原ノ道真
カミさんにおねだりしてるパチンコ代（松江）松田とらを
角砂糖三つ入れよと念を押し（大田）掛戸　松美
一豊の妻が手本とおかみさん（浜田）安達美那子
改築も値上げもせずに二十年（益田）竹内　良子
十六で弟子入りをして五十年（大田）加藤　妙鳳
ラッシャイと言ってもらえる人はマレ（松江）森廣　典子
イヤホンをして笑ってる客も客（浜田）加藤　尋風
おじいちゃん回ったほうがボクは好き（松江）岩田　H子
もう一度叱ってほしい父は亡く（斐川）伊藤　敏子
父さんに似たよな人が好きになり（浜田）岡本美代子
靖国へ俺も参ると気色ばみ（雲南）景山　綾美
九月には暖簾を弟子に譲るとか（松江）余村　正
不惑まで綱を張ってた草相撲（松江）岩田　正之
江戸っ子が出雲弁とはこれいかに（松江）山﨑まるむ
タイガースファンでなけりゃ握らない（出雲）石橋　律子
マスコミの取材一切お断り（浜田）大井　一弥
マスコミの取材一切お断り（大田）清水　すず
別嬪の一人娘が気にかかり（松江）金築佐知子
孫なんか連れてくるなとそっぽ向き（飯南）塩田美代子
養殖と見抜けなかった店を閉め（奥出雲）松田多美子
休日は孫背に乗せて馬になり（松江）花井　寛子
損得は抜きで女房に袖引かれ（松江）多胡　誠夫

水槽の目と目が合えば手を合わせ　（松江）坂本　美恵
月へ行く時代ですよと言ってみる　（出雲）矢田かず江

綾美さんの「靖国へ俺も参る」、大笑いしました。私個人の政治的信条や宗教観から言うわけではありません。そんなケチなことはしないのですが、飛び方が見事なんです。

この句もそうですが、前句の「寿司屋」にはあまりこだわらないほうが作りやすいかと思います。もちろん、こだわっていけないわけはないので。こだわった句で桃菴センセのお気に入りは、多美子さんの「店を閉め」――。壮絶ですね。

落語の八代目桂文楽さんは、昭和四十六年八月三十一日、国立小劇場で「大仏餅」を演じた際、登場人物の名前が出てこず高座で絶句、「勉強し直してまいります」といって舞台を降り、そのまま引退しました。文楽さんは、この年の十二月十二日、亡くなっています。

こんな美学にあこがれて、私もカッコイイこと言ったことがあります。

別々のかたからまったく同じ秀作をいただく、というようなことが、一度はともかく二度あれば、そのときは選者を降ります、と過去にたしかに申したのですが、そういうこと、実は今度で三度目です。一弥さんとすずさんの句、一字一句違いがありません。こんなことが起こるのは、それだけみなさんのレベルがアップしたからで、私など、とても選者はやってられない、とそれは今でも思うのですが、でも、やっぱり、もうしばらく楽しませていただけませんでしょうか。

◇

お許しねがえるようでしたら、次の前句、

花の咲くころお会いしましょう

例年になく春の待ち遠しい今日このごろです。五七五の付句を、いっぱいお寄せください。

283 ●●● 新聞少年颯爽と行く

△二〇〇六・二・二三▽

木魚の音もやや鈍りがち　（益田）山本　貞人
般若湯一杯飲んで元気出せ　（松江）木村　更生
ライブドアショックで株価乱高下　（松江）岩田　正之
跡継ぎはだれに似たのか理数系　（松江）森廣　典子
和尚さん隠した壺が気にかかり　（出雲）原　陽子
水飴を買って来なくちゃもう一度

先着順の粗品あきらめ　（松江）野津　重夫
店内の試飲試食でウサ晴らし　（松江）三島　仁井
孫娘産気づいたと電話あり　（出雲）原　愼二
振り向けば保育園児ら列をなし　（浜田）日原　野兎
押入れをティッシュペーパー溢れだし

思い出せない二次会の後　（大田）杉原ノ道真
ホステスの名刺五枚もポケットに

新聞少年颯爽と行く　（松江）山﨑まるむ
チョコレートいちおう買っておいたのに

想定外の寒波襲来　（浜田）勝田　艶
Tシャツで宇宙旅行の夢は消え　（松江）多胡　誠夫
わが息子わが兄弟と持ち上げて

派手なネクタイ妻に締められ　（松江）田村美智子
定年後再就職で若返り　（益田）竹内　良子
女生徒がうわさしている昼休み　（浜田）宇田山　博
再婚をみんな知ってたクラス会　（京都）永井　英美
升席はテレビに映るかもしれぬ

優しく叱る妻募集中　（大田）清水　すず
よしなさいネットなんかで捜すのは

小型一台至急お願い

過疎地ではお医者通いもままならぬ（美郷）吉川　一利

救援機飛ばすトルコの心意気（松江）福田　町子

夢の中では働いている

わたくしがあの有名なキリギリス（大田）掛戸　松美

やっと追いつく集団登校

兄ちゃんの靴まだボクにはガッポガッポ（松江）木村　敏子

ランドセルかたかたかたと一年生（松江）持田　高行

新車登録昭和元年

ガラクタと骨董品は紙一重（雲南）難波紀久子

あしたに賭けよう永い人生

勝ち越しを十四日目も取り逃がし（出雲）佐藤まさる

ハワイじゃこんなことはなかった

あの人がまたハバきかすクラス会（奥出雲）松田多美子

贅肉つけたうちの番犬

そんなこと言っちゃダメいい奥様よ（松江）原　野苺

典子さん、ごめんなさい。ちょっと手を入れさせていただきました。原作は、初句が「和尚さんの」だったのですが、この字余りはあまりリズムがよくはない。で、なんとか直せないかとあれこれいじっているうちに、こうなってしまいました。ちょっと手を入れて、すっかり意味が変わってしまったのですが、でも、例の砂糖の壺、小僧さんでなく、和尚さんのほうが気にかけている、というのも悪くないようにも思います。

松美さんは、今年からお始めになったニュー・フェースですが、「あの有名なキリギリス」はクリーン・ヒット。連歌はフィクション、ということを分かるために、動物になってみる、というのはいいことです。

野苺さんの「いい奥様」には大仰天。連歌はフィクションとはいうものの、作者が男性でなくってホッとしています。

◇

市町村別入選率は、一、二位がまた入れ換わって、

①美郷　②飯南　③浜田　④松江　⑤大田

次は、今日の入選句を前句に選んで、七七の付句をお願いします。選んだ前句も明記してください。

◇

それから、三月の第五木曜日は、村瀬森露さんによる「レッツ連歌スペシャル」です。その前句は、

入り口と出口が違うエレベーター

ありますね、そういうエレベーター。こちらのほうにも七七の句を、いっぱいお寄せください。

284 ●●● 花の咲くころお会いしましょう

〈二〇〇六・三・九〉

花の咲くころお会いしましょう　（江津）岡本美津子

大吉のおみくじ枝に結びつけ　（松江）吉田みどり

それまでに美容整形終わりそう　（安来）根来　正幸

言っただけなんて今さら言わないで　（奥出雲）内田　満子

この雪じゃどうにも履けぬハイヒール　（松江）花井　寛子

お互いにひとりと分かる同窓会　（松江）楠　　扇子

フラれたと気づかず待ってはや五十路　（飯南）塩田美代子

はっきりと言ってください嫌いなら　（益田）黒田ひかり

好物は角のお茶屋の草だんご　（美郷）源　　連城

約束を交わした彼は今いずこ　（浜田）滝本　洋子

約束をした人横で鼾かき

今回は四百四十七句もの作品をお寄せいただきました。これまでで最多！　はがきの束の厚さが三・六センチ。その中から選ばせていただいた句が、申し訳ありませんが、わずかに二十九。

◇

市町村別入選率は、

①美郷　②飯南　③浜田　④松江　⑤大田

と順位は変わりませんが、奥出雲が五位の大田に肉薄中です。

同じこと今年も書いてきた賀状　（東近江）桑原　慶子
相席でおしるこすする椿谷　（松江）金乗　智子
片隅にハートマークも添えてみる　（浜田）重木　梢
百年の恋も冷めゆく朧月　（松江）森廣　典子
誘うのも誘われるのも妻のほう　（松江）木村　敏子
この世では俺とお前は枯れ薄　（浜田）加藤　尋風
先生のどじょう掬いがまた見たい　（松江）福田　町子
ゲレンデで失くした銀のイヤリング　（松江）多胡　誠夫
隠さずに見せてみなはいその手紙　（出雲）矢田かず江
ハンカチを拾ってあげた受験場　（松江）岩田　正之
このメール同時送信してないか　（浜田）辻岡　貞光
靖国の父に詫びてる遅い春　（出雲）佐藤まさる
東風吹かばなんて恩師は左遷され　（美郷）吉田　重美
レオさんの声で聞きたい名セリフ　（出雲）今岡　町子
いい名前パパといっしょに思案中　（松江）松本　恭光
ごめんなさい私はグァムへハネムーン　（美郷）遠藤　耕次
豪雪で今年まだ見ぬお隣さん　（出雲）飯塚猫の子
ポトマック河畔がいいと親日派　（益田）石田　三章
げんげ田で別れを惜しむ養蜂家　（松江）村田　欣子

今回の前句、花の咲くころに「会いたい」という意味に、ふつうは取ると思うのですが、とにかく今は「会いたくない」という取りかたもあったのですね。美代子さんの句は、桃菴センセの想定外でした。

誠夫さんの句―、相手は人間かと思ったら、イヤリングだったんですね。イヤリングだとすると、花が咲くころお会いするのは、ますますむずかしくなりそうですが、…こういうナンセンスな句、私は大好きです。

重美さんの句は、もとは下五が「転勤し」とありました。これはこれで文句なしの傑作なのですが、「東風（こち）吹かば」と来れば、私ならぜったい「左遷」ですね。選者の特権でいじらせていただきました。

右大臣菅原道真と左大臣藤原時平とはライバル同士だったのですが、ある日、二人の口論をお聞きになった時の帝が、たった一言、「うるさし」とおっしゃったと申します。文字にすると「右流左止」と書くのだそうで。だから、道真は太宰府に流され時平は都に止めおかれた、などという話が伝わっておりますが、こんなことはウソに決まっております。連歌にも関係ありませんが、狂言には出てまいります。

さて、次は、

　つかぬこと伺いますがひょっとして

◇

こういう前句は、何でも付けられます。が、せいぜい愉快な七七をお願いします。

285 ●●● 水飴を買って来なくちゃもう一度

〈二〇〇六・三・二三〉

　水飴を買って来なくちゃもう一度

レシピどおりにしたはずだけど　（雲南）難波紀久子

紙芝居屋はいまも健在　（大田）掛戸　松美

　過疎地ではお医者通いもままならぬ

朝夕欠かさぬ腰痛体操　（出雲）角森志津子

婆さんヤイトすえてくれぬか　（松江）三島　仁井

このままここで泊まらせてくれ　（松江）尾原ヨウコ

　あの人がまたハバきかすクラス会

テストはいつもビリだったのに　（松江）持田　高行

　ガラクタと骨董品は紙一重

畑から出たミロのヴィーナス　（雲南）板垣スエ子

もう騙されぬ金がないから　（東出雲）太田　悦子

紳助きょうも毒舌が冴え　（松江）庄司　豊

離婚を賭けたお宝鑑定　（吉賀）井野　蛙

うちの亭主も大切にしよ　（松江）金津　功

今も生きてる志ん生の芸　（大田）杉原ノ道真

　店内の試飲試食でウサ晴らし

来年こそは貰いたいチョコ　（京都）永井　英美

入社試験に落ちたデパート　（松江）森廣　典子

定年後再就職で若返り　（松江）多胡　誠夫

肩書もなくストレスもなく
不倫相手は二まわり下　（浜田）勝田　艶

押入れをティッシュペーパー溢れだし
オイルショックがまだ忘られず　（松江）花井　寛子

女生徒がうわさしている昼休み
黒々とした教頭の髪　（松江）余村　正

テニハ以外はみんな宇宙語

わたくしがあの有名なキリギリス
まさか主役に選ばれるとは　（大田）清水　すず

ホステスの名刺五枚もポケットに
義理チョコ一つなきぞ悲しき　（松江）福田　町子

一枚だけでなくてよかった　（斐川）高橋　郁子
独身寮の夜は更けゆく　（奥出雲）松田多美子

孫娘産気づいたと電話あり
一人暮らしも今日で七日目　（松江）松田とらを

結婚式は明日というのに　（雲南）藤原　政子

ランドセルかたかたかたと一年生
窓からそっと祖母が見守る　（松江）野津　重夫

パソコンできます株もやります　（出雲）矢田かず江

和尚さん隠した壺が気にかかり
そこの片づけまたワシがやる　（出雲）佐藤まさる

跡継ぎはだれに似たのか理数系
二足の草鞋履いたり脱いだり　（美郷）山内すみ子

DNAは嘘をつかない　（江津）岡本美津子

そんなこと言っちゃダメいい奥様よ
チョッカイ出せば軽くイナされ　（松江）安東　和実

今年も貰ったふきのとう味噌　（松江）黒崎　行雄

道真さんの句、志ん生といえば、「火焔太鼓」。ガラクタのように見えたものが国宝級だったりするから、世の中おもしろいのですね。落語には、その他にも、「はてなの茶碗」、「猫の茶碗」などという、骨董品にまつわる名作があります。

郁子さんの句、前句の「五枚」に対して「一枚」は、一見、近過ぎるかのようですが、これはこれで見事な付け方です。なるほど、「五枚」よりも「一枚」のほうがはるかにヤバい。

まさるさんの句は、「また」の一語で成功しました。これ以上ヘタな物言いはありません。この和尚さん、よほど正直な人なのでしょうね。

美津子さんの「DNA」は、ひょっとして、隣のおじさんのDNAですか。

◇

松江と浜田の順位が入れ替わりました。奥出雲が追っています。

①美郷　②飯南　③松江　④浜田　⑤大田

◇

次は、今日の入選句を前句にして、五七五の付句です。

スペシャル（村瀬森露）●●●

入り口と出口が違うエレベーター

〈二〇〇六・三・三〇〉

入り口と出口が違うエレベーター

風水狂のビルのオーナー　（松江）原　野苺

いつのまにやら一人残され　（松江）渡部　靖子

振り向かないでお願いだから　（松江）岩田　正之

どうしてみんなこっち向いてる　（松江）木村　敏子

謝罪会見するハメとなり　（浜田）大井　一弥

メールで攻めて入れる詫び状　（益田）山本　貞人

帰る通路は土産コーナー　（松江）持田　高行

新郎新婦慌てふためき　（松江）門脇　益吉

怪盗ルパン天井に抜け　（美郷）吉川　一利

一休さんのトンチ問答　（江津）星野　礼佑

大浴場はどこですかいね　（松江）高木　酔子

まわれ右して降りたはずよね　（浜田）滝本　洋子
電気系出て介護士となり　（出雲）角森志津子
医者のつもりが芥川賞　（松江）金築佐知子
待ち合わせ場所探すケイタイ　（松江）花井　寛子
迷子のパパを探しています　（浜田）重木　梢
前進前進前進あるのみ　（松江）木村　更生
胸に輝くこの金メダル　（安来）細田　絹江
焦った父にうろたえた母　（美郷）源　連城
同期入社もヒラと重役　（松江）多胡　誠夫
ビフォーアフター何とかしてよ　（松江）川津　光
造反議員は院の片隅　（大田）杉原ノ道真
カメラに向いてアッカンべーだ　（益田）石田　三章

テレビ番組の受け売りですが、問題です。多くのエレベーターで、正面奥に鏡が取り付けてあるのはなぜでしょう。自分の美しさを確認するためではありません（してもいいですが）。正解は、車椅子などで乗り、バックで降りるときに、出口付近を確認するためです。

出口が正面奥方向であれば、前進するだけなので好都合です。しかし、多くのエレベーターでは垂直方向の移動だけですが、正面奥が出口のものは水平方向の位置も変わるので、頭の中が混乱することがあります。増築に増築を重ねた温泉旅館だったら、自分の部屋の上にあるはずだった大浴場がどこへ行ってしまったのかと思うかもしれません。

ところで、降りる準備をするためか、他の人と目を合わすのを避けるためか、新たに来る人に注意を払っているのかわかりませんが、エレベーターに乗ると、すぐにまわれ右をして階数表示を見上げることが多いように思います。これを前提に、靖子さん、正之さん、敏子さんの句の人はエレベーターのどこにどのように乗っているのかを推理してみるのもおもしろいですよ。皆様、お考え下さい。

結婚式場のゴンドラで、間違ってまわれ右してしまったら、招待客にお尻を向けての登場で、恥ずかしいですね。

入りと出が違うことは、ずいぶんあるものだなあと思いました。世の中いろんなことがあるようですが、次の出口が見えてくるまで、監視カメラにアッカンベーでもして英気を養うこととしましょう。

286 ● ● ●

つかぬこと伺いますがひょっとして

〈二〇〇六・四・一三〉

つかぬこと伺いますがひょっとして　（浜田）大空　晴子
あなたじゃないのあのペンネーム　（京都）永井　英美
その手はくわぬ訪問販売　（出雲）今岡　町子
得意のメニューってこの玉子焼き？　（浜田）勝田　艶
埋蔵金はもう出ましたか　（美郷）吉田　重美
東尋坊にひとり立つ女（ひと）　（江津）岡本美津子
負けてたまるかあんな女に　（松江）余村　正
松江のお方じゃあーましぇんかね　（松江）森廣　典子
花見の席をお間違えでは　（斐川）青木　紅圭
あなた今でもわたくしが好き？　（飯南）大谷ミヨエ
お尻の破れもファッションでしょうか　（東近江）桑原　慶子
いえいえ祖母は元気でおります　（川本）森口　時夫
年の離れた妹なんです　（浜田）重木　梢
この歯応えは手焼き煎餅？　（出雲）萩　哲夫
ふるさと発ってはや五十年　（松江）木村　敏子
お独りですか僕もいまだに　（大田）丸山　葛童
噂の主はあたくしかしら

鬼軍曹の面影もなく　（出雲）佐藤まさる
ここは上りのホームでしょうか　（浜田）渋谷　節子
似ても似つかぬ初恋の人　（雲南）山根　和子
早く印籠出せばいいのに　（浜田）宇田山　博
うちの亭主が上がってまへん？　（邑南）有田　仁
わざと落として拾うハンカチ　（松江）黒崎　行雄
爺ちゃんがまたナンパしている　（松江）原　野苺
ワシはあんたの息子じゃろうが　（江津）星野　礼佑
時にはボケたフリもしてみる　（北広島）堀田　卓爾

昭和の御代は過ぎたのでしょうか　（松江）庄司　豊
ヨン様ですかとよく言われます　（美郷）源　瞳子
むかし別れた俺のおっ母ぁ　（美郷）田辺　伝
尋ね尋ねて水熊横町　（雲南）難波紀久子
一年ぶりで来た数寄屋橋　（松江）多胡　誠夫
馬の前足あなたでしたか　（松江）花井　寛子
レッツでいつも名前見てます　（出雲）原　陽子
それは双子の兄のほうです　（奥出雲）松田多美子
このマンションもアレなんでしょうか　（松江）福田　町子
合併したとは知らぬ浦島　（益田）石田　三章

典子さんの「花見の席」――、このかた、疑いもなく席をお間違えになっていると思うのですが、「ひょっとして」という前句に続けてこう言ったところがケッサクです。相手が酔っぱらいではウカツに出てカラまれたりしたらつまらない。みんな、もて余しているんですね。とはいうものの、この程度ならかわいいもの。春の宵の陽気な喧騒が聞こえてくるようです。あんまり品のいい花見なんておもしろくも何ともない、と思うのは、やっぱり私の偏見でしょうか。

葛童さんの句――、「あたくし」も「わたくし」も意味は同じですが、ここはやっぱり「あたくし」でしょうね。独りよがりで気取り屋の鼻持ちならないどこかの奥様――。

紀久子さんの「水熊横町」は、名作「瞼の母」の舞台。忠太郎の生まれ故郷、江州番場の宿は、桃菴センセの実家のわりあい近くです。

◇

市町村別入選率の順位は前回から変化ありませんが、今回大田からご入選のお一人がもしボツになっておられるか、または、奥出雲からいまお一人入選なさっていたら、両者は逆転していたところです。奥出雲のみなさん、がんばってください。大田のかたがた、ご油断なきよう。

◇

次の前句は、

わたしは知らないことになってる

政治の世界なんかをすぐ連想しそうですが、われわれ庶民の日常生活でもありがちなことです。愉快な五七五をお願いします。

287 ●●● 今も生きてる志ん生の芸

〈二〇〇六・四・二七〉

第八回酒折(さかおり)連歌賞の募集が始まっております。問いの片歌(かたうた)(五七七の句)に答えの片歌を付けるという形式ですが、その問の片歌は、

踏んでゆくふるさとといふ土はどこまで
スニーカー履いて明日は変身をする
うたたねの夢さめて聴く夜の雨音
雨あがるこころの虹がゆらめきながら

の四つ。

前回はレッツ勢からの入選がなく、淋しい思いをしました。雪辱を果たしましょう。

締切りは、九月三十日(必着)。詳しくは、山梨学院大学酒折連歌賞事務局までお問い合わせください。

今も生きてる志ん生の芸
母さんを泣かせ続けてきた親父　(浜田) 加藤　尋風

結婚式は明日というのに
ドクターに乾杯だけと念押され　(松江) 多胡　誠夫
鶯も初音はケキョとばかり鳴き　(出雲) 三成　淳子

レシピどおりにしたはずだけど
もうこれでコリたと言ってほしかった　(出雲) 曽田　康治
なんとまあ今どきの犬の贅沢さ　(松江) 中村　清子

紳助きょうも毒舌が冴え
門前の小僧習わぬ経を読む　(浜田) 宇田山　博

パソコンできます株もやります
農家にはそんな嫁さんいりません　(松江) 渡部　靖子

このままここで泊まらせてくれ
駅員がてこずっている酔っぱらい　(大田) 清水　すず
酔ったフリしてみえみえの下心　(雲南) 難波紀久子

一枚だけでなくてよかった
冷房が効きすぎている喫茶店　（松江）黒崎　行雄

朝夕欠かさぬ腰痛体操
百名山登頂までにあと五峰　（松江）岩田　正之

一人暮らしも今日で七日目
起きて見つ寝て見つ蚊帳の広さかな　（松江）安東　和実
無重力にもようやっと慣れてきて　（美郷）吉川　一利

畑から出たミロのヴィーナス
嫁さんは怒って川へ放り投げ　（松江）山本　明風
大根も見ようによっちゃ芸術品　（斐川）伊藤　敏子

DNAは嘘をつかない
吸殻を捨てたばかりに足がつき　（松江）庄司　豊

二足の草鞋履いたり脱いだり
晴れ一時くもり所により雷雨　（松江）金津　功

テストはいつもビリだったのに
村議選トップは親の七光　（雲南）景山　綾美
二代目の社長稼業に精を出し　（出雲）今岡　町子

黒々とした教頭の髪
海草を食って育った隠岐自慢　（浜田）勝田　艶
えっウッソー信じられへんこの写真　（浜田）安達美那子

そこの片づけまたワシがやる
一日で辞めてしまったフレッシュマン　（松江）森廣　典子

不倫相手は二まわり下
運命の追突された交差点　（松江）余村　正

肩書もなくストレスもなく
女房にテストされてる認知症　（松江）高木　酔子
シャバにいたときよりもよく眠れます　（松江）木村　更生
花遍路あすは十番札所まで　（京都）永井　英美

ミロのヴィーナスが畑から出たというのは本当だそ

うですが、どういう人が発見したのか、私は知りません。明風さんによると新婚の（？）男性だったようで…。よくこんなことを思いつくものと、あきれ返って、で、今日のコメントはこれでおしまい。

◇

次は、今日の入選句を前句にして、またまた愉快な七七をお願いします。

288 ●●● わたしは知らないことになってる

〈二〇〇六・五・一一〉

市町村別入選率、浜田と松江の順位が入れ換わりました。

①美郷　②飯南　③浜田　④松江　⑤大田

わたしは知らないことになってる

裏にして孫の布団が干してある　（松江）多胡　誠夫
うちの課もカラ出張にヤミ手当　（松江）森廣　典子
押売をみごとにかわす知恵もつき　（浜田）宇田山　博
初期だとはいってもやはり癌は癌　（益田）竹内　良子
責任を取れというなら取りますが　（大田）福田　葉摘
真夜中にこっそり帰る孫娘　（松江）持田　高行
例によりトカゲのしっぽ切って幕　（松江）三島　仁井
悠然とレッツに励む楽隠居　（美郷）吉川　一利
ここだけの話に尾ヒレつけられて　（浜田）大井　一弥
結局は社長辞任のプロローグ　（松江）余村　正
胃薬と言われて飲んだメリケン粉　（浜田）渋谷　節子
サンタさん今ごろ何をしてるかな　（奥出雲）松田多美子
父さんは若死にしたという母さん　（雲南）藤原　政子
もう一度花を見ようか三太夫　（川本）栂野　菊
孫のする手品のしかけモロに見え　（大田）掛戸　松美
こっそりと指輪のサイズ計る彼　（美郷）芦矢　敦子
合コンに指輪はずして来た彼女　（浜田）安達美那子
もらったと飼ってる仔犬二十万　（出雲）萩　哲夫
ぜったいに釣りの穴場は教えない　（石見東小）上田　崇弘

牛乳もおやつも猫にみな運び　（大田）清水　すず
大袈裟に驚いてやる子の自慢　（雲南）難波紀久子
お隣の柿のマなんと甘いこと　（飯南）大谷ミヨエ
かまぼこの元はおトトと聞きました　（松江）花井　寛子
御眉のあたりやさしき地蔵尊　（松江）松田とらを
お見合いと気づかれぬよう席を立ち　（安来）根来　正幸
盆栽をこわしたとポチ餌抜かれ　（松江）原　野苺
上原謙高峰三枝子佐分利信　（出雲）矢田かず江
入札の額はいつでもぴったしこ　（美郷）源　瞳子
相槌を打つタイミングちょっとズレ　（松江）田中　弘子
アンパンマン描いてやってねおじいちゃん　（浜田）松井　鏡子
会釈した美人へ妻の目が光り　（雲南）景山　綾美

菊さんの「三太夫」は、落語のマクラに使われる小話。この小話、「桜鯛」という綺麗な名がついているのですが、これはほんとは、桜と鯛という意味です。

とらをさんの句から、すぐに思い出したのは、「辻斬りを見ておはします地蔵尊」という古川柳。次に思い出したのが、「逢引きを見ておはします…」、いえいえ、そんな川柳はないのですが、この情景のほうがいいようですね。

野苺さんチのポチはかわいそう。盆栽のほかにも、ガラスを割ったり、洗濯物を汚したりと、しょっちゅう餌を抜かれていることでしょう。

かず江さんは、歳をごまかそうという魂胆のようですが、ではさて、最近のアイドルなんかはご存じでしょうか。それも知らない…じゃ、話になりませんよ。

◇

前句が今回のように漠然としていると、いろんな連想がしやすくって、おもしろい作品が多く集まります。逆に、前句の内容が具体的であればあるほど、それから離れるのがむずかしくなる。しかし、そういう課題にも挑戦していただかねばなりません。

◇

次の前句は、

先生の十八番は腹話術

もっとも、「先生」といってもピンからキリまでおられますし、「腹話術」というのも、比喩的に取れないことはありません。

付句は、五七五。（注「七七」の誤りでした。）

289 ●●● 晴れ一時くもり所により雷雨

〈二〇〇六・五・二五〉

花遍路あすは十番札所まで
同行二人メール打ちつつ　（松江）高木　酔子

嫁さんは怒って川へ放り投げ
蛙が靴の中でお休み　（雲南）板垣スエ子

母さんを泣かせ続けてきた親父
孫背に乗せてハイシドードー　（浜田）勝田　艶

大根も見ようによっちゃ芸術品
念入りなこと性器まで付け　（出雲）佐藤まさる

起きて見つ寝て見つ蚊帳の広さかな
巡業部屋に残る序ノ口　（浜田）安達美那子

駅員がてこずっている酔っぱらい
阪神負けりゃ三倍に増え　（松江）森廣　典子

今回ばかりは迷いました。こういう句を新聞に出していいものか、どうか。でも、とにかくおもしろいのですね。大笑いしました。こんなケッサクなことを考える人が、レッツ仲間にはおられるわけで。これをボツにすると永遠に歴史から消えてしまいます。伏せ字にしようかとも思ったのですが、そうすると何とも陰湿な感じになるし…。この句は、アッケラカンとした詠みぶりが持ち味ですから。

迷いに迷ったあげく、ここは思い切ってそのまま入選！

晴れ一時くもり所により雷雨
長距離列車の旅の楽しさ　（松江）花井　寛子

もうこれでコリたと言ってほしかった
詐欺はますます巧妙になり　（美郷）吉川　一利

無重力にもようやっと慣れてきて　（松江）木村　敏子
ママの声聞く羊水の中　（松江）村田　行彦
柳の下で今夜お目見え

えっウッソー信じられへんこの写真　（奥出雲）松田多美子
クリーム買いに行かないけんわ　（松江）門脇　益吉
無垢のドレスはたしか教え子　（松江）木村　更生
これ目これ口ヒャー背後霊

なんとまあ今どきの犬の贅沢さ　（雲南）難波紀久子
こんな私にだれがしたのサ

一日で辞めてしまったフレッシュマン　（大田）掛戸　松美
頭まるめて出家までして

冷房が効きすぎている喫茶店　（益田）石田　三章
蝶ネクタイの似合うマスター　（松江）野津　重夫
回転よくして儲ける魂胆　（出雲）今岡　町子
ホットに代えてぇアイスコーヒー　（出雲）飯塚猫の子
鍋焼きうどんはいかがでしょうか

待ち人来ない日曜の午後　（京都）永井　英美

お遍路さんが「メール」というのは、まるで似合わぬことのようですが、一方また、今なら当たり前、という気もします。「同行二人（どうぎょう）」は、本来は、いつもお大師さまといっしょだという気持ちをいう言葉ですが、ここは生きた人間が二人、と取ったほうがおもしろそうですね。

相撲の世界はよく知りませんが、美那子さんの句、兄弟子たちが夜の街へ繰り出しても、序ノ口は留守番ということでしょうか。ありそうなことです。

「柳の下」というと…、ああ、アレですか。そういえば、そろそろシーズンですね。それにしても、無重力?……なんですかね、アレ。

◇

◇

次は、今日の入選句に五七五の付句です。

六月二十九日は、お待ちかねの「レッツ連歌スペシャル」―。前句は、

自己紹介はひととおり済み

で、「連句でリンク」という催しを開きます。どなたでもご参加いただけますので、連句ははじめてというかたも、この機会にぜひどうぞ。

こちらも付句は五七五になります。

◇

最後に、お知らせ—。

六月十日土曜日の午後、放送大学島根学習センター

290 ●●● 先生の十八番は腹話術

〈二〇〇六・六・八〉

先生の十八番は腹話術　（出雲）拓　晋
寛一お宮一人二役　（出雲）飯塚猫の子
またアレかなど言っちゃいけない　（松江）三島　仁井
付き合わされる身にもなってよ　（美郷）源　瞳子
本音タテマエよく演じ分け　（浜田）松井　鏡子
にんじんピーマンみんな大好き　（松江）福田　町子
隣の組も来る昼休み　（浜田）岡本美代子
お巡りさんも教わりに来る　（松江）持田　高行
化かし合ってる党首討論　（出雲）今岡　町子
出雲訛りでやってごしない　（雲南）難波紀久子
先祖の声も聞かす祈祷師　（京都）永井　英美
酔えば人形もクダを巻き出し

またやってしまいました。今回の付句、七七のはずなのに、間違って五七五と申しあげました。あわてて訂正記事を出してもらったのですが、お目にとまらなかったかもしれません。また、すでにご投函なさっていたかたも、大勢いらっしゃったことでしょう。深くお詫びいたします。

そんなわけで、いただいた作品の四割がたは、五七五の句でした。今回は、それらも可能なかぎり七七に直させていただいて、入選としました。私の直しかたはお気に召さないかもしれませんが、どうかお許しくださいますよう。

無理強いできぬ花粉症では　（浜田）大井　一弥
ボクネ注射ハコワクナイモン　（松江）松田とらを
おねだりはみな人形の役　（松江）原　野苺
単位取れない生徒続出　（大田）杉原ノ道真
すべては秘書に聞いてください　（美郷）吉川　一利
手術のときは止めてください　（出雲）加納　穣
本採用は来年も無理　（出雲）矢田かず江
幼稚園から老人会まで　（出雲）佐藤まさる
いつも持ってる大きなトランク　（松江）山本　明風
子供の抜歯みごと成功　（松江）木村　敏子
電話で居留守使う重宝　（松江）木村　更生
首を振り振り帰る押し売り　（益田）石田　三章
子供言葉で愛の告白　（松江）多胡　誠夫

「にんじんピーマン」は、初心者のかたには分かりづらい句かもしれません。これは、腹話術の人形がしゃべっているのですね。「注射ハコワクナイモン」もそうです。人形がしゃべっていて、その前では、もちろん、園児たちが目を輝かせています。

そのほか、交通ルールを守るとか、知らない人に付いて行かないなどという句も作れそうですね。「お巡りさんも教わりに来る」はずです。

「単位取れない生徒」となると、これは高校生ぐらいでしょうか。高校で腹話術はちょっと妙な気がしますが、この句は、そのチグハグなところがおもしろい。この先生、やはり「本採用は来年も無理」でしょうか。

もっとも、近ごろは大学でも、いかに魅力的な授業をするかということに、もっぱら関心が集まっていて、それも結構なことではありますが、単に学生を甘えさせるだけの結果になりはしないかと、私なんかは危惧しております。

「子供言葉で愛の告白」は、ちょっと気の弱い青年でしょうか。ほほえましい光景です。人形の口を借りて、「ぼくネ、あのネ、みータンが好きなの」―、いや、やっぱり気持ちわるいですね。

◇

そろそろ梅雨の時季となりました。次の前句は、

列島覆う梅雨前線

付句は五七五、ですね。

291 ●●● クリーム買いに行かないけんわ

〈二〇〇六・六・二二〉

クリーム買いに行かないけんわ
孫が来て目尻が下がる盆休み　（出雲）加納　穰

同行二人メール打ちつつ
口きくも嫌になるほど喧嘩して　（飯南）塩田美代子

柳の下で今夜お目見え
サッカーの始まるころにゃそっと消え　（松江）木村　更生

蛙が靴の中でお休み
手すさびの品意外にも売れに売れ　（松江）花井　寛子

蝶ネクタイの似合うマスター
ツバメにも時に変身するらしい　（浜田）安達美那子

阪神負けりゃ三倍に増え
ため息が怒りに変わるゴミの山　（出雲）曽田　康治

巡業部屋に残る序ノ口
屋台でもヘタな日本語通じかね　（美郷）遠藤　耕次
お饅頭いかがと寺のご新造さん　（松江）松田とらを

ママの声聞く羊水の中
お洋服汚さないでねおねえちゃん　（吉賀）井野　蛙
コチョコチョとやっているのはパパかしら　（松江）金築佐知子

頭まるめて出家までして
おだやかな顔で寂聴恋も説き　（浜田）宇田山　博
コンピュータずらりと並ぶ永平寺　（松江）森廣　典子
一クセも二クセもある中沢家　（松江）安東　和実
敦盛の最期脳裏を離れない　（松江）庄司　豊
尼寺に夜な夜な通うという噂　（浜田）勝田　艶

鍋焼きうどんはいかがでしょうか
真夏日の我慢大会盛り上がり　（京都）永井　英美

ホットに代えてぇアイスコーヒー
分からへん奥でチンして持って行こ　（大田）掛戸　松美

長距離列車の旅の楽しさ
こげなもん食べなさぁーかねお前さん　（松江）高橋　光世
シングルでそのうえ趣味は連歌とか　（松江）多胡　誠夫
来年は米寿を祝う歳となり　（益田）竹内　良子

待ち人来ない日曜の午後
ハチ公の前と後ろでメール打ち　（松江）高木　酔子
ケータイはぜったい持たぬ頑固者　（松江）三島　仁井
スロットに有り金ぜんぶ吸い取られ　（大田）清水　すず
人生はいろんなことがあるわいな　（美郷）吉川　一利

美代子さんの句の初五文字、一旦、「顔見るも」と直しかけたのですが…。そのほうがインパクトが強いかなと、ふと思ったのです。しかし、よく考えてみると、やっぱり元のままがいい。顔ぐらいは我慢して見合わせているのだとしましょう。でも、口をきくのはイヤ、というわけで、メールであしたの打合せなんかするのですね、お互いの目の前で。そのほうがずっとおもしろい。

「手すさびの品」は陶器でしょうか。私は灰皿なんかを連想しますが。なんとも斬新なアイデア！　こういうお土産物をほんとうに作ってみたら、それもアタるかもしれませんね。

「ヘタな日本語」は外国人力士。入門したての序ノ口となれば、言葉にもさぞ苦労することでしょう。

「コチョコチョとやっている」のは…、私もパパだと思いますよ、佐知子さん。パパでなかったとしたら、ちょっとややこしいことになります。

「趣味は連歌」は楽屋落ちですが、取って付けたようなこの「不自然さ」が、桃菴センセのお気に召しました。

◇

市町村別入選率、このところずっと変化なく、
①美郷　②飯南　③浜田　④松江　⑤大田
の順位で、上半期を終わりました。七月から新たに集計を始めてみますので、心機一転、ふるってご投句ください。

次は、今日の入選句を前句に選んで、七七の付句です。

◇

スペシャル（村瀬森露）●●● **自己紹介はひととおり済み**

〈二〇〇六・六・二九〉

自己紹介はひととおり済み

真に受けてしくじるまいぞ無礼講　（浜田）大井　一弥
バブリング上手に見せる白イルカ　（浜田）宇田山　博
バスツアー目的地まであと二時間　（松江）松田とらを
うちとけてお菓子分け合うツアー客　（浜田）松井　鏡子
年収と学歴だけをインプット　（飯南）大谷ミヨエ
さあ食うぞどうせ私は数合わせ　（松江）山﨑まるむ
早くせなお刺身色が濁りそう　（浜田）滝本　洋子
また一人新入りがある雑居房　（松江）木村　更生
これからは姑（はは）と呼ばれて嫁（こ）と呼んで　（雲南）難波紀久子
もう一人お腹にいると新郎くん　（松江）本田　文夫
二十四の瞳が見つめる島の春　（松江）花井　寛子
本日の講師己に酔うタイプ　（益田）石田　三章
ハンカチを丸めてのばす初見合い　（美郷）芦矢　敦子
この後は二人にさせてあげましょう　（松江）多胡　誠夫
残された二人もじもじうつむいて　（松江）門脇　益吉
大風呂敷広げてみせる友もいて　（江津）岡本美津子
出番待つ酒と肴と銭太鼓　（美郷）源　連城
座布団を提げてバタバタ山田君　（浜田）加藤　尋風
いざ行かん目指すところは鬼ヶ島　（大田）掛戸　松美
なんとまあ新入社員はオレひとり　（出雲）今岡　町子
はやばやとメールアドレス聞きました　（益田）竹内　良子

新年度が始まって三カ月たち、緊張が少し緩んだ上に、蒸し暑くなって、疲れ気味のときもあるこのごろですが、皆様いかがお過ごしでしょうか。連歌で多少なりともリフレッシュといきたいものです。

自己紹介は、お見合い、入学式、入社式など新しい出会いのときにすることが多いですが、なるほどバスツアーやイルカショーでもするのですね。それにしても、雑居房にはたまげました。

二十四の瞳が出てきたのも驚きました。その世界があざやかにできあがりますね。お見事です。

桃太郎が出てくることも全く想像していませんでした。一行が勇んで進む姿が目に浮かびます。鬼ヶ島に着いたら、鬼に対しても名乗りをあげるのでしょうね。

洋子さんの句、なぜだかとてもリアルです。お鍋がぐつぐつしている横に、無造作にお刺し身やにぎりずしが置かれていると、話を聞くのもそこそこに、ハラハラしてしまいます。私だけじゃなかったんだ。

仕事柄、毎年新しい出会いがあります。気の利いた自己紹介をするのは難しいですが、堅苦しくなりがちな付き合いの潤滑油として、私は、四月の授業開始時に、研究内容だけでなく、趣味や、今はまっていることの話などをするようにしています。効果のほどはよくわかりませんが、ともあれ、己に陶酔しないように心せねばなりますまい。

292 ●●● 列島覆う梅雨前線

〈二〇〇六・七・一三〉

すでにご承知のことかと存じますが、第5回連歌甲子園の付句募集が始まっております。お身内やお知り合いの高校生に、ぜひお勧めくださいますよう。

前句は、

肩の力を抜いて優勝

なぜこんなとこにいるあの二人づれ

の二つ。締切りは九月二十二日（金）。詳しくは、山陰中央新報社のホームページをご覧ください。

列島覆う梅雨前線

子供らが虹跳び越える水たまり　（出雲）加納　穰

シンドラー村上ファンド保険庁　（松江）村田　欣子

わが城も洗濯物に明け渡し　（益田）石田　三章
熱燗でグッと一杯いきますか　（京都）永井　英美
ネクタイを外しただけのクールビズ　（松江）多胡　誠夫
父の日も関係のない屋根直し　（美郷）源　連城
蝸牛蚯蚓蛞蝓蛇蛙　（雲南）板垣スエ子
お迎えは昔は蛇の目いまマイカー　（斐川）伊藤　敏子
安居じゃと今日も碁仲間招く父　（松江）松田とらを
同点のゴールに続く2失点　（出雲）石橋　律子
知らない人を傘に入れてはいけません　（松江）黒崎　行雄
はじめからその気で傘を差しかけて　（浜田）勝田　艶
果実酒の匂い洩れくる尼僧庵　（松江）原　野苺
紫陽花の映えて古傷痛み出し　（松江）高橋　光世
ゴムボート膨らませてみる部屋の中　（美郷）源　瞳子
非常食ツマミにしては叱られる　（浜田）大井　一弥
ワイパーの端に止まった青がえる　（松江）高木　酔子
減る年金上がる医療費増えぬ利子　（松江）三島　仁井
桁一つ違う税額通知きて　（大津）鮫島　彰子
もっとふれ私のいいひとつれてこい　（出雲）佐藤まさる
パチンコで不快指数は倍増し　（浜田）佐々木和孝
つむじまでドロはね上げて一等賞　（松江）木村　敏子

誠夫さんの「クールビズ」―、私もオシャレのセンスはまるでないほうですが、国会議員のあの姿だけは、どうもいただけませんね。あっさり、ポロシャツとかアロハとか、そんなわけにも…、いかないのでしょうが。

虫偏の字ばかり並べたスエ子さんの句、こんなやりかたもあるのですね。読みは、上から順に、カタツムリ・ミミズ・ナメクジ…です、念のため。

野苺さんの「尼僧庵」は、飛び方がみごとです。最近は尼寺も観光地化して、精進料理に自家製の果実酒を添えて客に出す、なんてところも実際あるようですが、私は、名もない尼寺の尼さんが、自分用に密かに作った果実酒、と取ってみたい気がします。色っぽくていいと思います。

◇

市町村別入選率、六月までの集計はいったん御破算にして、改めて今年下半期を調べてみることにします。というわけでつまり、今回は、今回の入選者だけが対象なのですが、美郷町は上半期に引き続いてのダントツツ。以下、浜田市、松江市、斐川町、雲南市、出雲市、益田市の順となりました。順位はどんどん動くと思います。動かしてください。

◇

というわけで、次の前句―、

　七夕に願いをかけるしおらしさ

七夕祭りを八月にするのを、都会の人は「月遅れ」なんて失礼なこと言いますが、ほんとうはこのほうがいいのです。今の暦の七月七日はまだ梅雨も明けやらぬ時節ですが、旧暦七月七日はもう初秋なのです。

　楽しい七七をお願いします。

293 ●●● 孫が来て目尻が下がる盆休み

△二〇〇六・七・二七▽

　孫が来て目尻が下がる盆休み
新暦もあり旧暦もあり　（松江）持田　高行

　コチョコチョとやっているのはパパかしら
内緒でケータイ買ったらしいよ　（松江）花井　寛子
手抜きみたいな奉仕活動　（奥出雲）松田多美子

　シングルでそのうえ趣味は連歌とか
仲人さんの足も遠のき　（松江）高橋　光世
プラトニックな白髪の友　（東近江）桑原　慶子

　口きくも嫌になるほど喧嘩して
夫の手料理めきめき上達　（浜田）日原　野兎
十男五女と聞いてあきれる　（浜田）勝田　艶

　尼寺に夜な夜な通うという噂
昔話を声出して読む　（松江）高木　酔子

　スロットに有り金ぜんぶ吸い取られ
遠回りでもツケのきく店　（浜田）大井　一弥

真夏日の我慢大会盛り上がり　（松江）渡部　靖子
待機していた医者がダウンし　（美郷）吉田　重美
返してしまえ救急車など　（松江）岩田　正之
動くんじゃねェお湯が冷めらァ　（浜田）佐々木勇祐
ポスト小泉うわさの人々

手すさびの品意外にも売れに売れ　（雲南）板垣スエ子
団塊の世代Uターンして

ケータイはぜったい持たぬ頑固者　（松江）田川　君江
テレホンカードためるのが趣味　（大津）鮫島　彰子
後は追うなと粋がってみせ

こげなもん食べなさぁーかねお前さん　（松江）村田　行彦
また狸めが悪さしおって　（松江）庄司　豊
客の様子を窺う山姥　（松江）森廣　典子
マツエノワガシトテモオイシイ　（浜田）大空　晴子
痩せるためなら何のこれしき

コンピュータずらりと並ぶ永平寺　（江津）岡本美津子
瓦寄付した個人情報

来年は米寿を祝う歳となり　（出雲）矢田かず江
天上天下唯我独尊　（松江）尾原ヨウコ
鬼も笑わず応援をする

ツバメにも時に変身するらしい　（出雲）加納　穰
巣で口開けるカッコウの雛

お洋服汚さないでねおねえちゃん　（松江）多胡　誠夫

食べ放題のチラシ片手に
どうせ私がもらうお下がり　（雲南）景山　綾美

人生はいろんなことがあるわいな
苦肉の策で八卦見は言い　（飯南）塩田美代子

「おねえちゃん」ということばは、弟妹から見て「姉」を指すのが本来の用法ですが、一方、親が上の子を呼ぶときにも使います。自分の奥さんのことを「母ちゃん」と呼んだり、「婆さん」と呼んだりするのと同じですね。綾美さんの句は、日本語のこの特徴をうまく利用して、前句の意味をみごとに転じました。

ただ、同じアイデアの句で、「アタシはいつもお下がり着てる」、「御印つきの御下がりばかり」などという句もいただいております。が、表現のおもしろさでは、綾美さんの句が一歩リードしているのじゃないでしょうか。ボツにした作品を例示するのはたいへん失礼なことですが、みなさんのご参考にと思って。

失礼ついでにもうひとつ―。「手すさびの品意外にも売れに売れ」に、「年商五億の女起業家」と付けて、「付きすぎですね」と自分でおっしゃっているかたがおられました。正真正銘、付きすぎですね。茶化しているわけではありません。一生懸命作ってみたのだけれどもこうなってしまった、とお分かりになっている分、今後どんどん上達なさることでしょう。

◇

市町村別入選率のベスト5は、

①美郷　②飯南　③浜田　④松江　⑤東出雲

石見部が優勢です。出雲地方、それから隠岐のみなさん、がんばってください。

◇

次の前句は、今日の入選句から選んでください。付句は五七五です。

◇

八月第五週のスペシャルの前句も、森露さんから預かっております。

真冬のはずの南半球

こちらの付句も五七五ですね。

294 ●●●

七夕に願いをかけるしおらしさ

〈二〇〇六・八・一〇〉

出生率を上げてください　（浜田）渋谷　節子
たったひとこと退院と書く　（浜田）宇田山　博
三億円とは言いませんから　（飯南）大谷ミヨエ
付き合い始めて今日が三日目　（飯南）塩田美代子
親に似ないでよかった孫の字　（雲南）岩佐美恵子
上手になった禁煙の文字　（益田）石田　三章
海外勤務五年目の秋　（松江）福田　町子
去年もダメで一年が過ぎ　（松江）持田　高行
総裁選が徐々に近づき　（松江）多胡　誠夫
それが今では二児の母さん　（雲南）板垣スエ子
ちゃん付けで呼ぶ君は八十　（江津）岡本美津子
古代ハスから露をいただき　（松江）高木　酔子
アバタもエクボに見えたあのころ　（大田）清水　すず
ビニール紐で吊るす短冊　（浜田）松井　鏡子
少年老イ易ク学成リ難シ　（美郷）吉川　一利
おもちゃ欲しいと靴下も下げ　（大田）掛戸　松美
そんな女を演じたりして　（益田）黒田　光

少し先のことになりますが、十月二十八、九の両日、「松江ルネッサンス」という催しが開かれます。映画解説の浜村淳さんや『問題な日本語』の北原保雄先生といった錚々（そうそう）たるかたがたの講演など、多彩なイベントが計画されているのですが、なんと、それに混じって、桃菴センセの連歌船が出る、ということで。二日目、二十九日の十一時、松江、堀川ふれあい広場から遊覧船に乗り込んで付句を作ろうという優雅な試みです。短歌船や俳句船も出ますので、これは負けたくない。みなさん、大勢お越しいただいて、守り立てていただければと存じます。この日をぜひ空けておいてください。よろしくお願いいたします。なお、詳しくは、松江市役所観光文化振興課文化係までお問い合わせください。

七夕に願いをかけるしおらしさ
クレヨンで書くおぼつかない文字　（出雲）加納　穣

課長もビビるキャリアウーマン　（松江）渡部　靖子

バレンタインの轍は踏むまい　（京都）永井　英美

日頃からその心がけなら　（松江）本田　章

ロマンチックな父母の馴れ初め　（浜田）勝田　艶

昭和二十六年、千葉県の落合遺跡で、植物学者大賀一郎博士が二千年前のハスの実三粒を発見、発芽を試みたところ、二粒は失敗、残る一粒が翌年みごとに花を咲かせた、ということです。その一株から増殖が重ねられ、日本各地や海外へも根分けされたのが、いわゆる古代ハス。島根県では荒神谷史跡公園が有名ですね。

七夕飾りの短冊は、ハスの葉の露を集めて摩った墨で書くと願いごとが叶う、といいます。酔子さんの句は、どうせハスなら古代ハス、というわけで。七夕とハスと古代出雲と…。レッツにはめずらしい、格調の高い作品となりました。

荒神谷では、七夕の日、実際にそういったイベントでもなさっているのかと思いましたが、そうでもなさそうです。もっとも、ほんとうに行われていることを詠んだだけだとすれば、酔子さんの句も、少しばかり評価を下げねばなりますまい。連歌はフィクションが基本ですから。

それはそれ、「ウソから出たマコト」と申します。荒神谷関係者のみなさん、来年あたり、ぜひ何かご計画ねがえないものでしょうか。これはアタると思うんですけど。

市町村別入選率は、雲南が五位に復活して、

①美郷　②飯南　③浜田　④松江　⑤雲南

◇

次の前句、

不自由を常と思えば不足なし

道学者先生みたいなことを申しますが、なに、家康の遺訓を思い出したまでです。あまり暑い日が続くもので…。ま、私の哲学はその程度のものですが、さて、みなさんは？　もっと深遠なことでも、さらに卑俗なことでも、とにかく七七の句を付けてください。

295

テレホンカードためるのが趣味

〈二〇〇六・八・二四〉

テレホンカードためるのが趣味
思い出が一目で分かる旅日記　（浜田）重木　梢

食べ放題のチラシ片手に
もう一人参加をすれば二割引　（松江）野津　重夫
実物と写真あまりに違いすぎ　（松江）福田　町子

プラトニックな白髪の友
助手席に座りたいけど遠慮して　（松江）余村　正
お父さんなんでそんなに念押すの　（奥出雲）松田多美子

ポスト小泉うわさの人々
エルビスの真似はだァれもできぬけど　（斐川）高橋　郁子

どうせ私がもらうお下がり
父さんのカバン看板この地盤　（松江）三島　仁井
上様の浮気の虫がまた騒ぎ　（松江）村田　行彦

昔話を声出して読む
手遅れかしれぬが何かにはなろう　（出雲）佐藤まさる

客の様子を窺う山姥
怪談はお化けの顔もして話し　（松江）田川　君江
飲み明かす相手のほしい一人棲み　（京都）永井　英美

後は追うなと粋がってみせ
曲がり角曲がったとこで待ってみる　（飯南）塩田美代子
とりあえず歯ブラシ二本買っておき　（飯南）大谷ミヨエ
お勘定まだいただいていませんが　（大田）掛戸　松美
私まだそちらへ行く気ありません　（益田）石田　三章

仲人さんの足も遠のき
近ごろは取り持つ前にデキちゃって　（松江）山﨑まるむ
ニシキヘビ飼ってるという噂にて　（浜田）松井　鏡子
割れ鍋に綴じ蓋やっと納まって　（雲南）難波紀久子

マツエノワガシトテモオイシイ
金沢も京都も同じ口で誉め　（松江）松田とらを

待機していた医者がダウンし
夜を徹し飲んでいたとは言い出せず　（松江）金乗　智子

十男五女と聞いてあきれる
表彰状猪口大臣準備中　（雲南）景山　綾美

動くんじゃねェお湯が冷めらァ
腕組みの肩の般若も年を取り　（松江）高木　酔子

内緒でケータイ買ったらしいよ
よかったね恋人やっとできたんだ　（浜田）藤田　楠子

手抜きみたいな奉仕活動
直会のビール目当てと見透かされ　（松江）原　野苺
3単位もらってやっと卒業し　（松江）森廣　典子
内申のために不純な汗もかき　（松江）多胡　誠夫

天上天下唯我独尊
生意気な児だよと産婆そっぽ向き　（松江）木村　更生

団塊の世代Uターンして
噂では家も畑も夕ダらしい　（松江）尾原ヨウコ
老父母に一から習う米作り　（美郷）源　瞳子
四十年ぶり盆踊り復活し　（益田）竹内　良子

「曲がったとこで待ってみる」――、こういう未練がましさ、いじらしくって、私はわりあい好きです。で、もし、彼女が追って来たら、また慌てて歩き出さなくてはなりませんが。

「歯ブラシ二本」は、もっといじらしい。涙が出ます。結果が見えているだけ、かわいそうですね。

仲人さんは、男女の縁を取り持つのが役目ですが、なるほど、アフター・ケアもしてくれるんですね。「割れ鍋に綴じ蓋」――、ご苦労さまでした。

◇

市町村別入選率は順位に変化はありませんが、一位美郷町と二位飯南町との差は微妙になってきています。

◇次は、今日の入選句に七七を付けてください。

スペシャル（村瀬森露）●●● 真冬のはずの南半球

〈二〇〇六・八・三一〉

真冬のはずの南半球

悠久の大雪原がひび割れる　（大田）丸山　葛童
父さんは観測船の船長さん　（松江）余村　正
ペンギンに分けてあげたいかき氷　（松江）原　野苺
時差ボケでいったいどこにいるのやら　（雲南）難波紀久子
カナカナを耳にセーター編んでます　（益田）石田　三章
そんなこと天動説にありません　（松江）金津　功
確かめに行ってみたいのいいかしら　（松江）花井　寛子
夏バイト石焼き売りに行こうかな　（松江）村田　行彦
まあ細かいことは言わずに宇宙基地　（美郷）遠藤　耕次
北向きの窓に並べる花の鉢　（松江）木村　更生
パソコンでスキーツアーを確かめて　（益田）竹内　良子
嘘でしょう海ではみんな泳いでる　（松江）門脇　益吉
渡り鳥今日のねぐらはいずこやら　（美郷）吉川　一利

小池泉水

赤道でツバメの親子迷ってる　（浜田）滝本　洋子
宇宙よりビデオ廻せば四季が見え　（松江）福田　町子
出発はアツアツだったハネムーン　（松江）渡部　靖子
新婚に初の試練が訪れる　（出雲）加納　穰
オーロラの下で踊ろう阿波おどり　（雲南）景山　綾美
悪くない冷えたビールで留守番も　（飯南）大谷ミヨエ
地軸には少し傾きありまして　（松江）木村　敏子
ムコドノがいつも忘れずお中元　（松江）多胡　誠夫
トランクに詰める衣服が決まらない　（浜田）安達美那子
温暖化昭和基地をも脅かし　（浜田）渋谷　節子

毎日暑い日が続きます。オーストラリアワインやチリワインを飲んで、暑気払いといきたいところです。

山陰地方はだいたい北緯三五度に位置しますが、南緯三五度というと、アルゼンチンの首都ブエノスアイレス、アフリカ最南端のケープタウン、オーストラリアのシドニーといった都市のやや南あたりのようです。ただし、これらの都市の八月は、山陰の二月よりかなり暖かいようなので、日本の真冬の寒さというと、さらに南になります。

オーロラの下で阿波おどりというのはおもしろそうですね。さすがに、さらしにはっぴや浴衣姿でというのは無謀でしょうけど。南半球のサンタクロースは、気候に合わせて、サーフボードに乗っているそうなので、全身を防寒着で包みこんだ阿波おどりもいいかもしれません。

三章さんの句を見て、ヒット曲『北の宿から』を思い出しました。もしも、「あなた変わりはないですか」と呼びかける相手が、私をおいて南半球へ行ってしまったのだったら、「着てはもらえぬセーターを」こうやって編んでいるのでしょう。「女心の未練」も、かなり違って見えてきます。

それにしても、地球規模の温暖化が問題になっている現在、私のように、暑いから南半球へでも行きたいと考えてしまうのは、小さい話なのでしょう。真夏も真冬も超越した宇宙的な境地に至りたいものです。

296 ●●● 不自由を常と思えば不足なし

〈二〇〇六・九・一四〉

急な話ですが、あさって十六日、土曜日の午後、浜田市の「いわみーる」で、「付句の鑑賞と実作」というサロンを開きます。お時間があれば、ぜひ覗いてみてください。石見地方のみなさんとお会いできるのを楽しみにしております。お問い合わせは、放送大学島根学習センターまで。

不自由を常と思えば不足なし

小泉さんがそう言いましたか　（飯南）塩田美代子
そういうアンタ心掛けてる？　（江津）岡本美津子
米百俵はどこへ消えたか　（松江）安東　和実
暑いと言えば罰金百円　（大津）鮫島　彰子
棚田の嫁は元銀座ママ　（浜田）勝田　　艶
元気のもとは遠いバス停　（大田）杉原サミヨ
聞いたしりから忘れる格言　（益田）中西　英雄
悪口だけははっきり聞こえる　（松江）花井　寛子
父ちゃんそろそろ音を上げるころ　（大田）清水　すず
性懲りもなくまた塀の中　（浜田）大井　一弥
滝に打たれて修行しました　（浜田）安達美那子
息子は来いと言ってくれるが　（安来）景山　恒夫
引き取られたる九階マンション　（浜田）藤田　楠子
あなたと呼べばあなたと答える　（松江）高木　酔子
嫁も娶らずに守る山小屋　（松江）原　　野苺
離婚届にポンと押印　（美郷）源　　連城
子猫くわえて運ぶ親猫　（京都）永井　英美
横歩きだとカニは知らない　（大田）掛戸　松美
孫に甘いと嫁に叱られ　（松江）三島　仁井
都会の子らの山村留学　（松江）野津　重夫
字余りだったり字足らずだったり　（松江）多胡　誠夫
公衆電話さがす街角　（益田）黒田　　光
たわけたことを言う人もいる　（松江）片寄　文子
ヘルパーさんがとても親切　（美郷）吉田　重美
未婚の母にあこがれている　（益田）石田　三章
今じゃ鼾も子守歌にて　（飯南）大谷ミヨエ

甲斐性なしが見栄を張ってる　（雲南）景山　綾美
慶喜(よしのぶ)公は最後の将軍　（出雲）石橋　律子
本堂に響く警策の音　（浜田）佐々木勇祐

今回いちばん気に入ったのは、「カニの横歩き」。よくこんなこと、思いつくものですね。カニの気持は私は知りませんが、なんら「不足」に思っていないことはたしか…でしょう。でも、その前に、そもそも「不自由」と感じているのかどうか…。そこがこの句のおもしろいところ。

ボツで多かったのは、たとえば、ケータイを持たないで我慢する、などという類の作品でした。実に多かった！

初心に返って、もう一度お考えください。そういう句は、端的に言って、前句の内容をなぞっているだけなのですね。なぞるだけなら、車に乗らない、クーラーは使わない、粗食に耐える、…など、いくらでも作れます。でも、いくら作ってもそれはダメ。お心当たりのかたは、ご自分の句と松美さんの句とを較べてみてください。

奇抜な発想をすればいい、と申しているわけではありません。たとえば、ケータイは持たない、というような「平凡な」内容でも、それをそのまま言うのではなく、「公衆電話さがす街角」としてみる。

ケータイがなくっても、不自由を常と思えば別に不足はない。とはいうものの、最近は公衆電話がめっきり減りましたよね。公衆電話があってケータイを持たないのと、なくって持たないのとでは、ぜんぜん違います。騙されたような気にもなります。「不足なし」と口では言いながら、内心は不満たらたら…、などと光さんは言っておられませんが、そういうふうに読ませるシカケが、この句には隠されています。

いかがですか。今回は、ずいぶんキツいことを申しあげました。でも、私もけっこう、選は真面目にしているつもりです。どうぞお許しください。

◇

次の前句は、最新の話題から――、
　冥王星は惑星じゃない
こういうのもベタ付けになりやすい前句です。付句は五七五。

297 ●●● お父さんなんでそんなに念押すの

〈二〇〇六・九・二八〉

割れ鍋に綴じ蓋やっと納まって
ご冗談にもホドがあります　（松江）門脇　益吉

噂では家も畑もタダらしい
加えて先祖代々之墓　（松江）黒崎　行雄

エルビスの真似はだァれもできぬけど
どじょう掬いはマゲにすゥがの　（奥出雲）松田多美子

夜を徹し飲んでいたとは言い出せず
帰ってみれば女房も留守　（飯南）大谷ミヨエ

もう一人参加をすれば二割引
イヤな奴だがまあ仕方ない　（邑南）渡邊　正義

何をするにも困る少子化
やっとハイハイ始めましたが　（松江）高木　和
（松江）森廣　典子

この「レッツ連歌」、お陰さまで、もうすぐ連載三〇〇回を迎えます。三〇〇回を記念して愛好者が集まろう、という催しが計画されております。

十一月五日、十一時から十五時。会場は松江アーバンホテル。始めに一時間ほど、私が話すように言われておりますが、その後はたっぷり時間を取って懇親会だそうです。お互い、これまでは名前だけしか知らなかったかた同士、この機会に会ってみられませんか。

お問合わせとお申し込みは、木村更生さん、または、杉原哲哉さんまで。私も楽しみにしております。

お父さんなんでそんなに念押すの
オレオレ詐欺に二度もだまされ　（松江）松田とらを
太陽系の惑星の数　（出雲）加納　穰
やっぱりあの人わたしの兄さん？　（江津）岡本美津子

ニシキヘビ飼ってるという噂にて
すれ違うたび生臭いこと　（松江）木村　更生

実物と写真あまりに違いすぎ
部屋いっぱいに通販の品　（松江）村田　欣子

思い出が一目で分かる旅日記
象に乗ったりヘビを食ったり　（京都）永井　英美

よかったね恋人やっとできたんだ
面食いだったお隣のポチ　（飯南）塩田美代子

金沢も京都も同じ口で誉め
友禅染を二つ並べて　（雲南）難波紀久子
イチゲンさんはお断りどす　（松江）森　敦子

3単位もらってやっと卒業し
連続十期同窓会長　（松江）岩田　正之

怪談はお化けの顔もして話し
扇子も止まる貞水の芸　（出雲）佐藤まさる
ドッと笑いが起きてガックリ　（益田）吉川　洋子
ママサン本ヲ見ルイケマセン　（松江）村田　行彦

曲がり角曲がったとこで待ってみる
転んだ孫の様子うかがい　（浜田）大空　晴子
鎖はずれてポチが逃げ出し　（松江）多胡　誠夫
探偵ポワロはっとひらめき　（松江）余村　正
五分違いで出た清掃車　（大田）掛戸　松美
豆腐一丁たのんだお使い　（松江）山﨑まるむ
しびれを切らす朝の登園　（安来）伊藤　玲子

助手席に座りたいけど遠慮して
朝からギョウザ食べなきゃよかった　（大田）清水　すず
返事せぬのが返事なのかも　（浜田）安達美那子
たった一人で乗ったタクシー　（松江）安東　和実

四十年ぶり盆踊り復活し
初恋の女（ひと）孫を引き連れ　（浜田）勝田　艶

異国の人も増えてにぎやか　（美郷）遠藤ミサエ

私が昔話をヘルンに致します時には、いつも始めにその話の筋を大体申します。面白いとなると、その筋を書いて置きます。それから委しく話せと申します。それから幾度となく話させます。私が本を見ながら話しますと「本を見る、いけません。ただあなたの話、あなたの言葉、あなたの考えでなければいけません」と申します故、自分の物にしてしまっていなければなりませんから、夢にまで見るようになって参りました。

（小泉節子『思い出の記』）

名作、八雲の『怪談』は、こうして生まれたのですね。行彦さんの句、お見事でした。

◇

市町村別入選率、一位と二位が入れ替わりました。

①飯南　②美郷　③浜田　④松江　⑤雲南

飯南町と美郷町とは、人口がほとんど同じですから、入選句数が入選率に、そのまま連動します。

◇

次はまた、今日の入選句に五七五の付句です。

298 ●●● 冥王星は惑星じゃない

＜二〇〇六・一〇・一二＞

冥王星は惑星じゃない　（美郷）源　連城

あのころの熱血先生思い出し　（松江）門脇　益吉

してくれとオレは頼んだ覚えない　（益田）竹内　良子

くどくどと今さら言い訳しなさんな　（江津）岡本美津子

昨日まで輝いていたいぶし銀

市町村別入選率、美郷町が首位に復活、五位に大田市が浮上してきました。飯南町、そして雲南市のみなさん、がんばってください。

①美郷　②飯南　③浜田　④松江　⑤大田

歌一首残し信太の森に消え　（大田）杉原ノ道真
わが名刺住所と名前だけとなり　（浜田）佐々木勇祐
教科書に墨を塗るのは久しぶり　（出雲）長廻　澄子
お父ちゃんお父ちゃんではなかったの？　（飯南）塩田美代子
うちの子と親が言うのだ気にするな　（松江）黒崎　行雄
よそ事ととても思えぬ孫会社　（松江）原　野苺
一羽だけいるでしょ醜いあひるの子　（松江）木村　敏子
似てないがアレは蛙の子供です　（浜田）岡本美代子
緋威の鎧の武者は女人にて　（北広島）堀田　卓爾
掌を返したような別れ際　（松江）若林　明子
よく言うよ人をその気にさせといて　（浜田）勝田　艶
家計簿に響かなければよしとする　（出雲）矢田かず江
新聞に詳しく書いてありました　（雲南）板垣スエ子
持ち上げてまた落とすのが世の習い　（出雲）加納　穣
本人の意見も聞いてみましたか　（安来）景山　恒夫
なんとまあ規制緩和の進む世に　（松江）松田とらを
仲間入りするときモメてほしかった　（美郷）芦矢　敦子
あんたらにとやかく言ってほしくない　（松江）持田　高行
外ばかり回っていてはダメかしら　（大田）杉原サミヨ
デカければいいってもんじゃあるまいに　（東出雲）水野貴美子

ちょっとだけ受験勉強ラクになり　（松江）山本　明風
新しく覚えるよりはラクでよい　（美郷）源　瞳子
あなたにもズバリ言うわよ覚悟いい？　（大田）掛戸　松美
そのうちにきっと復党できるでしょう　（松江）安東　和実
飼い猫に講釈たれる楽隠居　（京都）永井　英美
お前もか今宵の酒のほろ苦さ　（飯南）大谷ミヨエ

「水金地火木土天海冥」と、リズムに乗って惑星の名を覚えた経験が、どなたにもおありと思います。リズムに乗るはず。あれ、みごとに七七の句になっていたのですね。（厳密にいうと八七ですが、これは許される字余りです。）いつか前句に使ってやろうと思っているうちに、こんなことになってしまいました。

とても残念なのですが、しかし、ＩＡＵ（国際天文連合）総会でもともと提出されていた原案に決まるよりはずっとよかった、と胸をなで下ろしております。冥王星を残す代わりに、あらたに三つの天体を惑星に加えようというのですから。その三つの名前が、「セレス」に「エリス」に「カロン」、なのだそうで…。ご同慶の至りです、瞳子さん！

ベタ付けになりやすい前句だったのですが、みなさん、よく工夫されて、おもしろい作品が今回は特に多かったように思います。

◇

次の前句は、

さて正解はCMのあと

よくあることですが、これなんかも要注意。「テレビ」とか、「クイズ」とかいう言葉を使えばまずボツ、と思ってください。付句は五七五。

299 ・・・ 鎖はずれてポチが逃げ出し

〈二〇〇六・一〇・二六〉

　鎖はずれてポチが逃げ出し
女房も課長もいない秋の空　（益田）石田　三章

　やっぱりあの人わたしの兄さん？
七十で孤児と呼ばれる異郷の地　（雲南）難波紀久子

　五分違いで出た清掃車
ヘソクリを隠しといたを思い出し　（松江）庄司　豊

　加えて先祖代々之墓
立ち回りそうな所はこれだけか　（大田）清水　すず

　すれ違うたび生臭いこと
簪（かんざし）を播磨屋橋で買うたとか　（浜田）大空　晴子

　ママサン本ヲ見ルイケマセン
マイク持つ客にデュエットせがまれて　（浜田）日原　野兎

　どじょう掬いはマゲにすぅがの
遺伝子に組み込まれてる身のこなし　（出雲）原　陽子
進学を決めかねている孫がいて　（松江）余村　正
ご先祖はカリフォルニアで砂金採り　（松江）木村　更生

友禅染を二つ並べて
今日もまた質屋の前は素通りし　（松江）高橋　光世

返事せぬのが返事なのかも
お地蔵さんお饅頭ひとつ貰います　（大田）掛戸　松美

やっとハイハイ始めましたが
美しい国日本を作ります　（松江）金津　功

豆腐一丁たのんだお使い
ドッコイショなんてうちには置いてません　（美郷）源　瞳子
狐火の見え隠れする春の宵　（出雲）山崎　慎二

象に乗ったりヘビを食ったり
初仕事イヤといわれぬリポーター　（松江）金築佐知子

何をするにも困る少子化
もうちょっと若けりゃいいが残念じゃ　（松江）田村美智子
柿どろぼう実は待ってるハゲ頭　（松江）森廣　典子

たった一人で乗ったタクシー
初めての海外ツァーの肝試し　（浜田）安達美那子
隠しても田舎訛りはすぐにバレ　（松江）木村　敏子
秋雨が舗道を濡らす夜の街　（松江）松田とらを
ミラーには二人映っているんです　（松江）山﨑まるむ

ドッと笑いが起きてガックリ
悪友がぜんぶバラした披露宴　（松江）多胡　誠夫
タレントが参院選に駆り出され　（浜田）日原　春子

転んだ孫の様子うかがい
一一〇番されて爺いちゃん汗をかき　（松江）原　野苺

イヤな奴だがまあ仕方ない
お互いに四十路（よそじ）を過ぎりゃ達観し　（東近江）桑原　慶子
同じ孫取り合う仲になろうとは　（飯南）大谷ミヨエ
来年の参院選は負けられぬ　（美郷）吉田　重美
札束を見れば投票せにゃならぬ　（江津）岡本美津子

帰ってみれば女房も留守
おしどりも実は毎年相手変え　（出雲）加納　穰

イチゲンさんはお断りどす
研修の仕上げはロールプレイング　（松江）岩田　正之

異国の人も増えてにぎやか
戦争の話はしない縄のれん　（奥出雲）松田多美子
秋風に揺れるセイタカアワダチソウ　（益田）竹内　良子

豊さんの「ヘソクリ」――、「五分違い」というと、ふつうゴミを出し遅れたほうを連想しますが、これは出し早まったのですね。一本取られました。

美智子さんの「残念じゃ」には、失礼ながら大笑い、まるむさんの「ミラー」は、ゾクッと来ました。「おしどり」は、…そうなんですか、穰さん。私はちっとも知りませんでした。

しかし、さまざまなことを、みなさん、お考えになるものですね。どんどん楽しくなります。

◇

次は、今日の入選句を前句にして、七七の付句。

◇

それから、十一月のスペシャルの前句は、

到着と同時に上がる一（ワン）メーター

こちらの付句も七七です。いっぱい作ってみてください。

〈二〇〇六・一一・九〉

300 ●●● さて正解はCMのあと

「投句宛先はダブリン中央郵便局」と書いた原稿の一文を、当時「レッツ」の担当だったTさんに、ふざけ過ぎだとバッサリ削られたのも、今となってはなつかしい思い出です。

平成九年の秋、十・十一月とまるまる二ヶ月、アイルランドのダブリンへ参っておりました。二ヶ月も日本を留守にするのだから、新聞のほうはお休みにさせていただこうかと、二人で相談もしたのですが、そのころレッツはようやく九〇回を迎えようかというところ。軌道に乗りだしたばかりだから、ここで失速してはならない、がんばって続けようということになりました。

まだ、パソコンも今ほど普及しておりません。第一、私が使えません。Tさんがみなさんの作品をぜんぶワープロで打って、それをダブリンまでファックスで送ってくださいました。たいへんなご苦労だったと思います。

ところが、そのファックスの受信状態がすこぶる悪い。私は私で、かすれたり飛んだり、ときに斜めにゆがんでいたりする文字を前に悪戦苦闘したものです。

そのときの作品の一つで、

　　こんなところに落ちていました
　ダブリンへ転送されたはずなのに

という句は、今でも深く印象に残っております。

「レッツ連歌」、ついに三〇〇回を迎えました。平成六年の一月からこれまで十三年、毎月第二・第四木曜日、ただの一度も欠かさず続けてこられました。みなさんのおかげであることはいうまでもありませんが、私個人としても、病気もせず事故にも遭わなかった幸運に、ひたすら感謝しております。ただひとつ「事件」めいたできごとが、この「アイルランド騒動」だったのですから、やっぱり幸せなことだと思います。

どうかみなさん、今後ともよろしくお願い申しあげます。

さて正解はCMのあと　(松江) 木村　敏子
おすわりをしていろヨシと言うまでは　(出雲) 飯塚猫の子
そのたびに蹴っとばされるタマとミケ　(松江) 渡部　靖子
雑学のもてはやされる世相にて　(江津) 岡本美津子
嬉しいがすぐは答えぬプロポーズ　(松江) 余村　正
あなたなら一千万円どう使う　(松江) 高木　酔子
当たってもわたしゃ百万もらえない　(松江) 中村　清子
一つではトイレが足りぬ大家族　(大田) 梅本　尚世
爺ィさんや孫のおまるがあったがなぁ　(東出雲) 水野貴美子
ねぇまだぁ早くごはんを作ってよ　(松江) 持田かさご
好物は最後に残す食いしん坊

宿題をやったらおやつあげようね　（美郷）吉川　一利
一分で宿題すますテクニック　（松江）原　野苺
さっきから電話のベルが鳴っている　（浜田）藤田　楠子
おむつ替えするからいい子していてね　（出雲）米山ノブ子
マズかった冷却期間長すぎた　（飯南）大谷ミヨエ
家中の期待がかかるお父さん　（大田）杉原サミヨ
父さんの講釈はもう聞きあきた　（浜田）三隅　彰
追い焚きはガスの無駄よと叱られて　（益田）石田　三章
雷が鳴って電気がパッと消え　（松江）花井　寛子
お宝と信じてやまぬ五十年　（浜田）松井　鏡子
食卓の会話が弾む三十秒　（松江）多胡　誠夫
音消せば蟇の響きが染みわたる　（松江）森廣　典子
お父さん熱いコーヒー入れました　（雲南）板垣スエ子

◇

「レッツ連歌」第三〇二回の前句です。

レッツファンはいたずらが好き

…かどうかは知りませんが、たぶんそうでしょう。いたずらっぽい五七五なんかいいですね。

第5回連歌甲子園 〈二〇〇六・一二・一八〉

課題1　肩の力を抜いて優勝

【大　賞】

地下鉄でメイクしていた審査員　（兵庫・神戸甲北3年）引口　レナ

審査員をつとめるぐらいだから、けっこうな有名人なんでしょうね。その素顔を見てしまったら幻滅。幻滅したおかげで肩の力を抜いて優勝。見られた審査員のほうは緊張のしっぱなし、だったりして。ま、連歌甲子園の審査員なんかは有名でもなく、顔も知られておりませんから、気が楽です。

【優秀賞】

あれくらいだれでもできるエアギター　（佐賀・有田工2年）田中　僚太

ダイノジのおおち君、世界選手権でみごと優勝。だれでもできる、かのごとく見せるのも芸の力なんでしょうね。

掌の人という字を飲み込んで　（開星2年）中野友哉子

ちなみに、足にマメができたときは、「鳩」という字を三度書くと、その鳩がマメを食ってくれるそうです。

監督が病気でいない今のうち　（境港総技2年）石原　亮

厳しいのはいいけれど、ただ口うるさいだけの人…。そういう人っていますよね、どこにも一人や二人。

そりゃすごい重量挙げの大会で　（佐賀・有田工2年）城香　菜恵

比喩的表現をあえて文字どおりの意味に取る、というのはお笑いの常套手段。

ポケットに青いハンカチしのばせて　（松江工3年）吉田　俊哉

青いハンカチを詠んだ句は他にもありましたが、中で、この句の表現が品のよさで好感度抜群。

海の中どれだけ浮いていられるか

（松江高専1年）岸　渉

真水でもほんとは誰でも浮けるんだ、と私も聞いたことがあります。私はカナヅチで、信じられませんが…。

ハラハラと手に汗にぎるサポーター

（松江工3年）野津竜之介

選手たちはリラックスしていたけれど、応援席のほうは…、という対照。目のつけどころがユニーク。

朝起きてトイレに行ってメシ食って

（益田産3年）渋谷　淳

顔は洗わないんですか。歯は磨かないんですか。パジャマは着替えたでしょうね。

賞金は参加費よりもまだ安く

（浜田水2年）佐々木洋太郎

連歌甲子園は、参加費も要らず、しかも、豪華賞品が出ます。おめでとうございました、洋太郎君。

金メダル受け取る前に起こされて

（佐賀・有田工2年）宮島　那美

…夢と知りせば覚めざらましを。夢というのは、なぜ、いつもこうなんですかね。

課題2　なぜこんなとこにいるあの二人づれ

【大　賞】

僕の父親君の母親

（佐賀・佐賀商2年）古場　匠

審査員一同、大笑い。二人づれが、実は二組いたことになりますね。向こうのほうもきっと、「なぜこんな」と思ったことでしょう。現実にはちょっとありえないような内容ですが、対句を用いてリズム感をもたせ、よけいな説明をいっさい省いた分、シャレた表現になりました。

【優秀賞】

一つ昇った大人の階段

（益田翔陽1年）矢戸　恵

なるほど、そうにちがいない。そっと見守ってあげましょう。

お隣ですよ結婚式場　（開星1年）川村　亘

私も、団体旅行で記念撮影をしたら、見知らぬ男女が一緒に写っていたことがあります。手なんかつないで。

見せつけたいのか見えてないのか　（兵庫・神戸甲北3年）村田　悠貴

「見えてない」だけなら、だれでも考えること。「見せつけたい」がおもしろい。この対句もセンス抜群。

小さい時から強い霊感　（開星3年）村尾健太郎

一瞬考えないと分からない句。…そう、この二人づれ、他の人には見えないんですね。こわーっ。

行きなさい早くラジオ体操　（兵庫・神戸甲北3年）井上　樹

「二人づれ」といっても、カップルとはかぎらない。これは、悪ガキ二人？

ちょっと私の部屋なんですけど　（出雲工2年）福田　綾乃

そんなに遠慮することはありません。大声でどなってやりましょう。

肝試しから帰るに帰れず　（隠岐水1年）手嶋　文香

取り残されるハメになったのは、…きっと幽霊役でもやってたんじゃないですか。泣くな、泣くな、幽霊は泣くな。

やっとここまで逃げてきたのに　（佐賀・佐賀商2年）古賀　俊秀

刑事はだいたい二人一組で行動するもの…、だそうです。が、よく知っていましたね。

もしやあたしのストーカーたち　（兵庫・神戸甲北3年）岸原　莉奈

はっきり言って、自意識過剰！　とても幸せな人です。「わたし」じゃなくって「あたし」としたところがミソ。

暇なんじゃないウ～ンどうでしょ　（松江工3年）森山　隼

そんな会話している二人って、やっぱりアヤシイ関係？　いや、暇なんじゃない？

【総　評】

島根県内はじめ、愛知・福井・京都・兵庫・鳥取・山口・佐賀の十八校から、「肩の力」に一、三一六句、「二人づれ」に一、二〇九句の作品をお寄せいただきました。昨年の第四回大会と比べて、参加校の数はわずかに減ったのですが、投句数は全体で一、〇〇〇以上も増えました。主催者としては嬉しいことではありますが、応募くださった高校生のかたには厳しい選考結果となってしまいました。入選作以外にもたくさん秀作があったのですが、割愛せざるをえなかったことを、まずお詫び申しあげます。

ほとんどのみなさんが初めて連歌というものに挑戦されたことと思います。いかがでしたか。むずかしかったでしょうか。練りに練った作品がボツになって、軽い気持ちで詠んだ句が入選してしまった、なんてことが、ひょっとしたらあったかもしれません。連歌なんどというものも、「肩の力を抜いて」かからなければ、いい作品はできません。

「肩の力」の付句には、この夏注目を集めた高校野球を詠んだものが、ずいぶんたくさんありました。それはそれでいいのですが、もっと頭を柔らかくすると、他にもいろんなことを思いつくことでしょう。大賞に選ばれた作品は、発想のユニークな点が高く評価されました。

「二人づれ」のほうは、ちょっとアブナイ句が、連歌はフィクションということで、堂々と大賞に輝きました。これと同じことを、もし、短歌や俳句に詠み込んだとしたら、ゴシップとして受け取られること、まちがいありません。あそこのお父さんって、そうなんだ…。「いや、そうじゃないけど、おもしろいから言ってみただけ」などと抗弁すれば、「まじめにやれ」と叱られるにきまっています。小学校の作文コンクールなんかでも、入賞したはいいけれど、夫婦喧嘩をバラされて…、なんてことも、たまには聞きます。

でも、「事実」ばかりにそんなにこだわる必要はない。フィクション、つまりはウソというものを、もっと楽しんでもいいのではないでしょうか。この連歌甲子園、そういう思いも込めて、全国に発信しております。

301 ●●● 進学を決めかねている孫がいて

〈二〇〇六・一一・二三〉

第5回連歌甲子園、いかがでしたか。十八日の紙面に入選作を発表しましたが、見落とされたかたは、山陰中央新報社のホームページをご覧ください。

先日、大社高校で、県内八高校の文芸部員による「付句マッチ」という催しが開かれました。私が呼ばれまして、「この牛はモーツアルトの曲が好き」という句（レッツ百九回の松田多美子さんの名作です！）を前句として出したのですが、これにある生徒さんが、

アイネ・クライネ・ナハト・ムジーク

と付けました。

チャーンチャ、チャーンチャ、チャチャチャチャチャチャーン、…という、だれでも知っているあの曲の名前が、「アイネ・クライネ…」だったのですね。前句に「モーツアルト」とありますから、内容からすればこれは付きすぎなのですが、よけいな説明を省いて曲名だけを持ってきたところ、それになにより、このドイツ語がみごとに七七になっていることに気づいたセンスに、私は脱帽いたしました。

来年夏には第三十一回高総文祭（全国高等学校総合文化祭）が島根県で開かれますが、このときには、全国から集まった高校生が付句に挑戦することになっております。みなさん、応援してあげてください。

進学を決めかねている孫がいて
私のせいじゃないよ未履修　（浜田）渋谷　節子

もうちょっと若けりゃいいが残念じゃ
ワンセグ地デジちんぷんかんぷん　（松江）鈴木　悦子

来年の参院選は負けられぬ
我が息子などもう言いません　（浜田）勝田　艶

遺伝子に組み込まれてる身のこなし
蓋の裏から食べる弁当　（松江）岩田　正之

柿どろぼう実は待ってるハゲ頭　（益田）吉川　洋子
まあちょっくらと寄ってかんかね

女房も課長もいない秋の空　（浜田）大井　一弥
にんにくダレで思う存分　（松江）原　野苺
茶髪ウィッグを買ってみようか　（松江）安東　和実
江戸川土手で大の字になる

狐火の見え隠れする春の宵　（益田）石田　三章
うつむいたままウブな花嫁

秋風に揺れるセイタカアワダチソウ　（大田）丸山　葛童
斜陽がかげる過疎のバス停　（松江）植田　延裕
瑞穂の国の美田消えゆく　（益田）竹内　良子
埋もれてしまった売地の看板　（松江）木村　更生
また建つという分譲マンション

初めての海外ツァーの肝試し　（松江）金築佐知子
恋のブランク埋めてみようか

お地蔵さんお饅頭ひとつ貰います　（松江）多胡　誠夫
人影絶えてカラス舞い降り　（雲南）岩佐美恵子
朝食抜きで受けた検診　（松江）若林　明子
お礼に編んだ帽子とマフラー　（江津）岡本美津子
賞味期限はとうに過ぎたで　（松江）山﨑まるむ
やってもいいがクソはするなよ　（京都）永井　英美
ポン太今宵はうまく化けたの

ご先祖はカリフォルニアで砂金採り
終焉の地はラスベガスとか　（松江）金津　功
カタコト弾む大森の旅　（松江）村田　行彦

隠しても田舎訛りはすぐにバレ
飲み友達がまた一人増え　（浜田）宇田山　博
ぜひＵターンなさってください　（浜田）渋谷　紀年

マイク持つ客にデュエットせがまれて
銀恋得意な二十歳のヤンキー　（出雲）今岡　町子

一一〇番されて爺いちゃん汗をかき
印籠出せばすぐに解決　（出雲）矢田かず江

美しい国日本を作ります
入れてもらっている核の傘　（松江）黒崎　行雄
富士登山してゴミを拾おう　（雲南）景山　綾美

初仕事イヤといわれぬリポーター
付けた付句が大受けに受け　（奥出雲）松田多美子

ヘソクリを隠しといたを思い出し
マルサの女が妻だったとは　（松江）石倉美智子
踏み場もないほど本が散らかり　（浜田）岡本美代子
何しとるんじゃ火の手が回るぞ　（大田）清水　すず
大災害へ貧者の一灯　（松江）福田　町子

次は、例によって、今日の入選句を前句に選んで、それに五七五を付けてください。

スペシャル（村瀬森露）●●●

到着と同時に上がる一メーター

〈二〇〇六・一一・三〇〉

到着と同時に上がる一(ワン)メーター　（美郷）遠藤　耕次
赴任して来てやっと十日目　（松江）木村　更生
これからポストの手前で降りよう　（浜田）渋谷　節子
遅刻の罰に飲まされた酒　（浜田）宇田山　博
忘年会にやっと間に合い　（東出雲）水野貴美子
旅行の間ずっとグチられ　（松江）野津　重夫
知らん顔して降りる先輩　（美郷）吉川　一利
家の前では犬に吠えられ　（松江）多胡　誠夫
うまくいくかな今日の商談　（益田）竹内　良子
面接試験うまくいくかな　（松江）高木　酔子
見なきゃよかった今日の運勢　（松江）三島　仁井
昔なつかし元社用族　（松江）門脇　益吉
家移転するほどでもないよな　（斐川）伊藤　敏子
玄関のドアおずおずと開け　（松江）木村　敏子
まだ新しい傘を忘れる　（雲南）難波紀久子
割り勘するのに丁度いい額　（浜田）日原　野兎
ちょっとバックをしろと酔客　（江津）岡本美津子
もっと先まで行ってちょうだい　（出雲）矢田かず江
彼氏オドオド彼女堂々　（松江）若林　明子
出入り待ちしているファンの群れ　（松江）持田　高行
準備していたチップ引っ込め　（松江）山﨑まるむ
弾む会話にしばし空白　（益田）石田　三章
長寿のヒケツは苛立たぬこと　（松江）福田　町子
顔で笑って心で泣いて　（松江）金築佐知子
予想はずれた雨がうらめし　（美郷）源　連城
とり返すぞと先ずパチンコ屋

カラオケボックスに行ったら、時間ぎりぎりまで歌わないと損をした気になるように、タクシーも、メーターで行ける所ぎりぎりまで乗らないと損をしたような気になります。

でも、それほど執着していないのでしょうか。家を移転しようと思ったことがないのはもちろん、駅から家までは何回か乗っているのに、どこで降りたら得をした気分で帰れるのか、いまだにわかりません。ポストのような目印がないので、というのは言い訳ですが。

　今日の運勢を見たことや商談・試験との関係づけなど、現実の合理的な因果関係ではありえないとわかっていても、関連性を考えてしまうのが人間のおもしろいところだと思います。

　最近の研究からは、幼児も現実のことと想像上のことをけっこう区別していると言われています。たとえば、空であることがわかっている箱の中に怪物がいることを想像してごらんと言われた幼児は、想像した怪物が実際にはいるわけではないということを理解しています。つまり、想像という心の働きの所産は実在しないことを理解しているのです。しかし、一方で、箱の中が気になって覗（のぞ）いてみたりするというように、想像したものの実在性を何らかの形で感じているところもあります。

　大人でも、似たようなことは経験するのではないでしょうか。さまざまな出来事を認識するときに、合理的な因果の考えと、そうではない考えがどのように現れるのか、興味深いところです。

◇

　桃菴先生から、来年の「新春特集」の前句をお預かりしています。

　　二人っきりで過ごす正月

五七五の句をお考えおきくださいとのことです。

302 ●●● レッツファンはいたずらが好き

〈二〇〇六・一二・一四〉

　先月五日の「レッツ連歌連載三〇〇回を祝う会」、四十名ばかりのファンのかたが駆けつけてくださいました。私は花束に記念品まで頂戴したのですが、幹事さんの演出が凝っていて、花束は、当日出席者のうち一番早く入選なさった安達美那子さんから、また、記念品は、もっとも新しく仲間に加わっていただいた若林明子さんからいただきました。
ちなみに、その美那子さんの句というのは、レッツ第十四回（平成六年七月二十八日）の、

すでにわれ腹を切らんとしたりけり
間違いでした宅配の鯛

明子さんの最新作は、前回の、

お地蔵さんお饅頭ひとつ貰います
お礼に編んだ帽子とマフラー

これとは別に、みなさんにそれぞれ、一番の自信作というのをご披露いただいたのですが、どなたもよく覚えておられるものですね。いえ、ご本人は当然として、聞いているほうのみなさんが、あれあれ、あの句、と一斉に頷かれます。それと同時に、あの句を詠んだのはこの人だったのか、といった感じの溜め息が漏れるのです。

これが、こういう集まりの楽しいところ。次は四〇〇回記念といわず、三〇七回でも、八回でも、なんでも何か口実をつけて、またこういう機会を作っていただけるとありがたい、と思っております。

レッツファンはいたずらが好き
意のままに森羅万象あやつりて　（浜田）藤田　楠子
先生の似顔絵にヒゲ描き加え　（浜田）勝田　艶
会うまでは若い女性と思ってた　（松江）植田　延裕
宗匠にラブレター出す四月馬鹿　（松江）花井　寛子
どうしようセンセあんなにはしゃいでる　（飯南）大谷ミヨエ
CMのことばもちょっと頂いて　（松江）尾原ヨウコ
そげなことないと思うがそげだらか　（松江）片寄　智治
じいちゃんは大正生まれのガキ大将　（浜田）三隅　彰
おもしろきこともなき世をおもしろく　（松江）森廣　典子
名作を黙って使う面の皮　（益田）石田　三章
先生に言われたとおりやっただけ　（出雲）加納　穰
環境が人の性格変えるだァ　（出雲）萩　哲夫
本名が載ったおかげで離縁され　（松江）黒崎　行雄
来年もどうぞよろしく願います　（雲南）板垣スエ子
人のアラ捜しまくって一句でき　（出雲）矢田かず江
ユーモアが分からぬ妻の渋い顔　（雲南）難波紀久子
付句には前の前句も使えます　（東出雲）水野貴美子
憎いけど許してあげる罪のなさ　（出雲）曽田　康治
一心に読経はしてるつもりです　（松江）木村　更生

野兎や蛙猫の子とらもいて　（松江）渡部　靖子
ウッフッフエッヘッヘワッハッハ　（松江）松田とらを
トーアンという名の犬にお手をさせ　（雲南）藤原　政子
傑作は苦吟のあとを見せもせず　（京都）永井　英美

畏れ多くも、私？の似顔絵にヒゲを描いたり、私？にラブレターをよこしたり、私？の言うとおりにやっただけで性格が変わったり、と今回は散々な目に会いました。

もっとも、政子さんの句の犬の名は、もと、おとなしく「レッツ」とあったのですが、もうヤケクソで私が、テンサクいたしました。

前句が前句だけに、楽屋落ちの付句が多かったのですが、ま、たまにはこんなのもいいでしょう。

靖子さんの句なんかも、常連の読者じゃないとなんのことか分かりませんが…、「祝う会」がまだ続いているような気分です。

◇

来年の新春特集の作品をお寄せいただく時期になりました。前句は、

二人っきりで過ごす正月

付句は五七五です。

ふだんは読むだけという隠れファンのかたからのご投句を、心待ちにしております。常連のかたは、いつもの倍ぐらいの作品を作ってみてください。紙面も広く取ります。

303・・・うつむいたままウブな花嫁

〈二〇〇六・一二・二八〉

うつむいたままウブな花嫁

おとなしく留守番してる子供たち　（美郷）遠藤　耕次
いっときの演技に賭ける晴れ舞台　（松江）持田　高行
ササクレに足を取られる古畳　（松江）岩田　正之
大正がいま蘇る文化祭　（出雲）石橋　律子

賞味期限はとうに過ぎたで
どう見ても盥回しとしか見えず　（松江）福田　町子
蓋の裏から食べる弁当
見込まれて老舗の娘婿となり　（美郷）芦矢　敦子
鈍行の車窓に映る刈田跡　（美郷）源　瞳子
朝食抜きで受けた検診
温もりの感じられない数値表　（松江）多胡　誠夫
我が息子などもう言いません
嫁さんの尻に敷かれっぱなしとは　（松江）木村　更生
お礼に編んだ帽子とマフラー
年末のバザーに二つ並べられ　（雲南）難波紀久子
ちらほらと花の蕾もほころんで　（出雲）加納　穰
にんにくダレで思う存分
いろいろと少子化対策考える　（松江）村田　行彦

まあちょっくらと寄ってかんかね
鶴瓶さんようこそこんな田舎まで　（浜田）勝田　艶
シュッシュッと包丁を研ぐ音のして　（飯南）大谷ミヨエ
紙の家おくゴキブリの通り道　（大田）掛戸　松美
埋もれてしまった売地の看板
幽霊がときどき出るという噂　（江津）岡本美津子
また建つという分譲マンション
チラシには太い鉄筋写ってい　（大田）清水　すず
ぜひUターンなさってください
誓約書添えて復党願出し　（松江）尾原ヨウコ
ポン太今宵はうまく化けたの
お師匠はんよろしゅおたの―もうします　（浜田）安達美那子
踏み場もないほど本が散らかり
子育ては知識だけではできやせぬ　（浜田）宇田山　博
焼き捨ててしまえと秦の始皇帝　（松江）森廣　典子

家中の期待がかかるお節重

（松江）木村　敏子

まずは、典子さんの句の頭韻に感心しました。「…しまえと秦の始皇帝」―、ぜひ声に出して読んでみてください。もっとも、典子さんはそんなことを意識されていなかったかもしれませんが、詠みなれてくると、こういうことも自然にできるようになるのでしょうね。

「蓋の裏から食べる弁当」などという句は、次に付けるのがとてもむずかしい前句です。情景がありありと目に浮かぶだけ、その情景からなかなか離れられません。つい、食べ物の話が続いてしまったりするものです。その点、美郷町のお二人、ともに見事な転じようでした。

「まあちょっくらと寄ってかんかね」なんかは、一方、情景があまり限定されていませんから、自由奔放に飛ぶことができます。ある意味、なにを付けてもサマになる。で、その分、勢いアイデア勝負になります。艶さんの句はテレビの人気番組、ミヨエさんの句は山姥でしょうか。ゴキブリ退治まで出てくるとは思いませんでした。

どちらを選べば得か、というお話ではありません。前句には、こういう二つのタイプがある、ということを知っておいていただきたいのです。

◇

連句形式のこのシリーズ、今年はこれでキリをつけ、来年はあらたに、

寒気に伴う筋状の雲

から始めます。この前句はどちらのタイプなのか。とにかく楽しい五七五を付けてください。

◇

今年後半の市町村別入選率は、結局、

①美郷　②飯南　③浜田　④松江　⑤大田

の順で終わりました。一年を通じての順位も、第五位までは同じですが、以下、

⑥雲南　⑦奥出雲　⑧益田　⑨江津　⑩東出雲…

と続きます。

一年間の総入選句は六八四。句数でいうと、人口の多い松江市がダントツの二七六句でした。

それはそれ、来年はまた気分一心して、ますますこの「レッツ」を発展させていただきたいと念じております。

それでは、みなさん、いいお年をお迎えください。

前句索引

あとがき

「レッツ連歌」の新聞連載が始まったのが、一九九四（平成六）年の一月。以来二十四年、月二回のペースで続けて、本年末には、第567回を迎える。

単行本『レッツ！連歌』は、第一集を九八年秋に出版し、続いて〇一年に第二集、〇九年には第三集を刊行した。これで、新聞連載分の、二〇〇三（平成一五）年までの十年間（第1～231回）の作品を、すべて収めることができた。

しかし、その後、事情あって刊行は途絶えた。ファンのかたからは、たびたびお叱りもいただいた。

とかくするうち、私もまもなく後期高齢者。せめて末期となるまでには責任を果たしておきたいものと、ちかごろは強く思うようになった。そこで、事情は少しも改善されていないけれど、思いきって第四集を刊行することにした。できることなら、一気に、第五集、第六集、…もと夢見てはいる。

とりあえず、本冊には、二〇〇四（平成一六）年から〇六（同一八）年まで（第232～303回）の作品を収める。従前どおり、一部、間違いを訂正するなどしたほかは、新聞掲載時のまま、いっさい変更は加えていない。

新しい試みも二、三取り入れた。

一つには、従来のB6判をA5判に改めたこと。

次に、イラストは例によって常陸賢司氏のお手を煩わしたが、あわせて、新聞掲載時のＦＵＭＩさんおよび泉水さんによる絵も、何点かはそのまま転載させていただいた。

いま一つ、新たに「前句索引」を付してみた。索引本来の用途のほかに、おもしろい使い道があるはずと考えてのことだが、それについては読者の判断にお任せする。

なお、今回の刊行にあたり、一ファンのかたから、思いもよらず過分の浄財を賜った。特に記して、篤く感謝の意を表する。

二〇一七（平成二九）年一二月吉日

桃華菴主人

『レッツ！連歌』既刊

- ●第一集（1998年９月15日刊、定価：本体1400円＋税）
- ●第二集（2001年６月20日刊、定価：本体1400円＋税）
- ●第三集（2009年６月23日刊、定価：本体1429円＋税）

下房　桃菴（しもふさ　とうあん）
本名　俊一（としかず）
1944年生まれ
島根大学名誉教授
「やみつくば会」代表
1994年１月から、山陰中央新報「レッツ連歌」選者
1997年４月から2015年３月まで、ＮＨＫ松江放送局「付句道場」選者
1992年、編著『桃菴撰木馬笑吟集』で、第３回小泉八雲市民文化賞（松江市）受賞
2001年、連歌の普及活動で、第14回山陰信販地域文化賞（山陰信販株式会社）受賞

レッツ！連歌　第四集

2017年12月18日　発行

編著者　下房　桃菴
発行所　山陰中央新報社
〒690-8668
松江市殿町383番地
電話 0852・32・3420（出版部）
印　刷　松栄印刷㈲

ISBN978-4-87903-210-2　C0095